苦手な人がいる
ごめん・・・
遥斗の事
そういう風には
みられない
クールで
カッコイイと
女子に人気
あ
だけど
真っすぐすぎる
言葉も視線も
私には強すぎて・・・
なのに
どうして
こんな所目撃
ったんだろう・・・

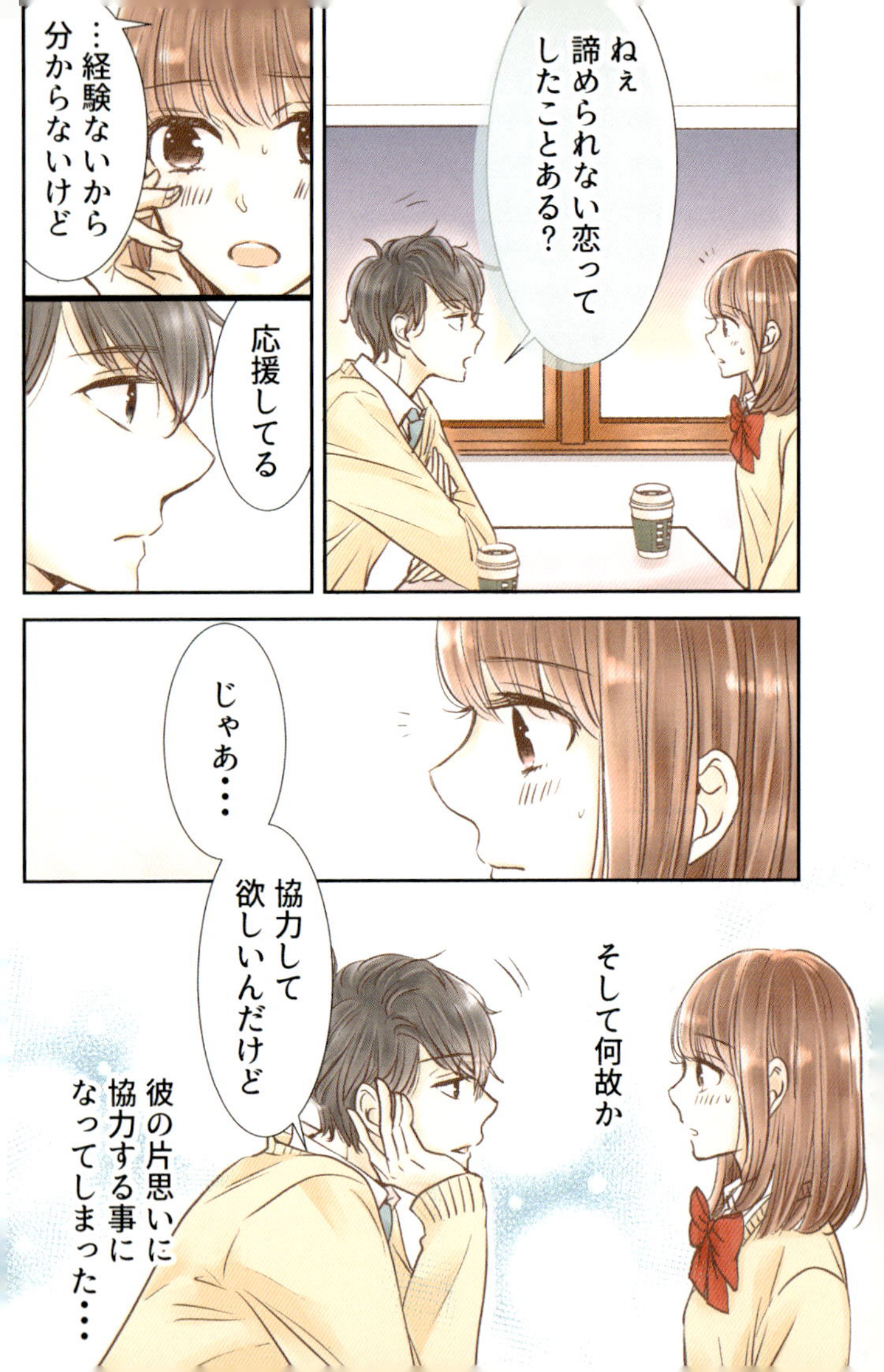
ねぇ
諦めれない恋ってしたことある？
…経験ないから分からないけど
応援してる
じゃあ…
協力して欲しいんだけど
そして何故か
彼の片思いに協力する事になってしまった…

俺の事嫌いなんだろ？
速水君に近寄りがたいのは
いつもどこか冷たい目をしてるから
ちゃんと最後まで言葉にしなよ
だって
速水君いっつも怒ってるみたいだし上から目線だし・・・
やっと本音言えたじゃん
真っすぐすぎる言葉が私の心を痛いくらいに揺らすから・・・

キミのこと
怖い、って思ってた
関わりたくないって、
思ってた
だけど
少しずつ、少しずつ、
キミとの時が重なって、
キミへの想いが重なって
今まで知らなかった
思いが生まれてたんだ

野いちご文庫

好きになっちゃダメなのに。

日生 春歌

STARTS
スターツ出版株式会社

CONTENTS

CHARACTERS

速水《はやみ》遥斗《はると》

HARUTO HAYAMI

学年一の秀才でイケメン、運動神経もいいが、思ったことをズバリ言ってしまうために、まわりから敬遠されている。生徒会メンバー。

晴山《はれやま》明李《あかり》

AKARI HAREYAMA

普通の高校2年生。自分の意見を言えないので、極力目立ちたくない。1年のときに同じクラスだった速水が怖くて苦手。料理研究部。

谷《たに》岡《おか》龍《りゅう》也《や》

RYUYA TANIOKA

陽の隣の家に住む、幼なじみの大学生。昔生徒会の副会長をしていた。一見チャラいが生徒会メンバーから信用されている。

須《す》谷《たに》要《かなめ》

KANAME SUTANI

明李と速水の同級生。成績はいいが、いつも速水にトップを奪われている。何かと速水をライバル視して、からんでくる。

志《し》賀《が》陽《ひなた》

HINATA SHIGA

生徒会で会計担当の3年生。頭がよくて美人の憧れの先輩。剣道部でもいい成績をおさめている。速水の片思いの相手。

苦手な人がいる。
近寄りがたいのは、いつもどこか冷たい目をしているから。
まっすぐすぎる言葉が、私の心を痛いくらいに揺らすから。
キミのこと、怖い、って思っていた。
かかわりたくない、って思っていた。
それなのに、どうして？
少しずつ、少しずつ、キミとの時が重なって、キミへの想《おも》いが重なって。
今まで知らなかった想いが心に生まれて。
——それでもきっと、恋じゃない。
ずっと、キミのことが苦手だったのに、キミに恋するなんてありえないよ。

プロローグ

ああ。今日も、空が青い。

「明李《あかり》」

教室の窓越しに見える、果ての見えない鮮やかな空の青は、私の大好きな色。

一番窓側の列にある私の席からは、きれいな空と広いグラウンドがよく見える。

すっきりと晴れた空の下、グラウンドでは体育の授業中らしい男子生徒たちがサッカーをしていた。ジャージに入ったラインの色でそれが三年生だとわかる。

ポーン、と宙に上がったサッカーボールを胸で一度受けてからドリブルを始めたひとりが、ゴールを決めた。上手い！って、あれ、生徒会長だ。運動もできるんだ。すごいなぁ。

学年が違う男子生徒のうち、私が知っている人なんてごくわずか。今、華麗にゴールを決めたのはそのわずかなうちのひとりで、我が校の生徒会長だった。

いかにも勉強できます、っていう感じの、知的な風貌《ふうぼう》。だけど地味なわけじゃなくて、サラサラの黒髪に黒縁メガネがよく似合う、インテリ系のイケメンさん。テストはいつも学校内では敵なしで、全国模試の順位もすごいらしい。いつも笑顔で、余裕があって。そんな大人な雰囲気が人気なのだと友達が言っていた。勉強もできてイケメンで運動神経もいいとか、さすが会長。最強すぎ。

とはいっても、生徒会の選挙って人気投票じゃないよね？　と不思議に思うくらい、うちの生徒会は人気のある人ばかりで構成されているから、会長だけではなく、私から見ればみんな最強って感じなんだけど。会長、副会長、書記、会計と各委員会の委員長で構成された生徒会執行部は、生徒会長からの推薦で決まる副会長を除いて、毎年選挙で決まる。

だけど、立候補の段階で優秀な人しかいないから、たとえ信任投票でも華やかなメンバーになるんだよねぇ。不思議。やっぱり優秀な人は自分に自信があるのかな。

なんていうか、私とは住む世界の違う人たちって感じ。きっと高校生活のうちで、私が生徒会にかかわることなんてないんだろうなぁ。

うんうん、と自分の中で納得して心の中で頷《うなず》き、再び空を見上げる。本当に今日はきれいに晴れていて、雲ひとつない。

「あーかーりっ‼」

いつまでだって見ていられるなぁ……。

「晴山《はれやま》っ‼」

びくっ‼

思わず体が震え、耳元で叫ばれたその大きな声が容赦なく私の鼓膜を揺らす。

「え、え?」

何事? どうしていきなり耳元で叫ばれたの?

瞬時には状況を理解できず、私はぼんやりしていた頭を起こすように何度か瞬《まばた》きを繰り返し、そしてようやく声がしたほうに顔を向けた。

「っ‼」

すると、目の前に飛び込んできたのは、世界史の高橋《たかはし》先生。

生徒指導担当でもある高橋先生は、怒った顔がとても怖い。

もともと切れ長の目をつり上げて、隙間《すきま》を埋めるみたいに眉をギュッと寄せる。

そう、ちょうど今、目の前にいる高橋先生みたいに――って、わあああっ⁉

先生、私のことを怒ってる⁉

「え、わ、すいません‼」

そうだった。世界史の授業中だった、とようやく思い出す。

それに、何度も呼ばれていたことも雰囲気でわかった。

私ったら、お昼休みが終わってすぐの授業だからって、ぼーっとしちゃってした‼

「……そんなに退屈か、晴山」

「い、いえ！　そんなことは」

「授業中に考え事とは余裕だな。今度のテストが楽しみだ」

ひいいいい‼

心の中で声にならない悲鳴を上げる。

私がいつも世界史のテストは赤点ギリギリだっていうことをわかっていて、先生はこんな意地悪を言うんだ。

『バ・カ‼』

隣の席の羽依《うい》ちゃんが、口パクでそんなことを言ってきた。

先生に当てられても気づかない私を何度も呼んでくれたのは、羽依ちゃんだったのだろう。

せっかく羽依ちゃんが助けてくれようとしていたのに、それにも気づかないなんて。

本当、情けなさすぎるよ。私。

「余裕のある晴山には、大サービスでこのページの問題を全部解かせてやろう」

ジトッとした目で一度私を見ると、先生は教卓のほうに戻りながらそう言った。

そ、そんな。しかも、ぼーっとしすぎていたせいで、先生の言う『このページ』がどのページなのかもわからない。

ていうか今って、問題集をやってたんだ。

それすら気づいていなかったって、私どれだけぼんやりしてたの⁉

慌てて机に乗っていた問題集を開き、パラパラとページを探す。

けれど。

キーンコーンカーンコーン……。

教室にのんびりとしたチャイムの音が鳴り響き、先生はチッ、と舌打ちでもしそうな顔で、持っていた問題集をパタンと閉じた。

「晴山、今言ったところ、次の時間までに解いておくように。当てるからな」

「は、はい」

とりあえず返事はしたものの、今言ったところってどこ？

羽依ちゃんにあとで教えてもらおう……。

はあ、とため息をついて、私もただページをめくっただけの問題集を閉じて机の上に置いた。

「きりーつ、礼」と委員長の間延びした声で号令が響く。

「晴山。これ、次二ー六だから」

「え」

「え、じゃないだろ」

「はーい……」

先生は「よろしくな」と言い残し、教室を出ていった。

私はため息をついて教卓のところまで歩いていくと、先生が持っていくように指示したものを手に取る。

ずっしりとした重みに、思わず腕に力を入れ直した。

先生がいつも授業に持ってくる、なかなか立派な世界地図。

次に世界史の授業がある教室までこれを運ぶのは、いつもは日直の仕事なのに。

はあ。ついてない。

「明李、寝てたわけじゃないよね？」

私の後ろからひょっこり顔を出したのは、羽依ちゃん。

「私、何度も明李のこと呼んだよ？　なのになんで気づかないの？　なんであんなにぼーっとできるの？」

「私も知りたいよ。なんでこんなにぼーっとできるんだろう」

首をかしげて聞き返せば、羽依ちゃんは困った顔をして笑った。

「もう。……とりあえずそれ、届けてきたら？　二ー六なんて棟が違うのに、明李ひとりに持っていかせるなんて、高橋先生も容赦ないね」

「……羽依ちゃん」

じっ、と期待を込めて羽依ちゃんを見たけれど、羽依ちゃんはカラカラと笑った。

「ごめんね。私、実験の準備に行かなきゃ」

そう言って、羽依ちゃんは黒板に書かれた今日の時間割りを指さす。

次は、生物だ。

「……はぁ、そっかぁ。そういえば今日の日直って羽依ちゃん……」

ということは、本当はこの世界地図の運搬係は羽依ちゃんだったんだ。

じゃあ、まぁ、しょうがないかな。

羽依ちゃんは次の授業の準備もあって忙しいみたいだし。

「行ってきまーす」

「うん。先に生物室へ行ってるね」

「了解っ」


急がなきゃ、と早足で廊下を歩く。

指定された二年六組は、同じ学年だけど私の教室とは棟が違うから少し遠い。

私の通うこの高校は、結構古くからある高校で、その伝統が一番の自慢。

校舎も何度も改修を繰り返しているために、教室の配置がちょっと特殊だ。

二年生の教室は一〜五組、六〜八組で棟が分かれているし、一年生の時もそうだった。三年生も同じような感じで、教室にいまいち学年ごとのまとまりがない。

そんなわけで、二年一組の私は、これから行く六組とは教室がある棟が違うのだ。

渡り廊下を渡って、隣接する六組の教室がある校舎に向かう。

だけど、ちょうど移動教室が多い時間だったのか、渡り廊下を通って私の教室がある校舎に来る生徒がぞろぞろと列を成していて、思うように進めない。

私が抱える世界地図が大きいせいもあって、ものすごく邪魔になっている気がする。

「すいません〜っ」

とぶつかるたびに謝って、なんとか人混《ひとご》みを抜けた。

渡り廊下をすぎたら、ひとつ下の階に下らなければならない。

人混みを抜けてすぐのところに階段があって、私は自分の身長とほとんど同じくらいの長さがありそうな世界地図を両手で抱え直し、ゆっくりと階段を下り始めた。

もう、やっぱり遠いよ、六組。

頑張って世界地図を届けて、急いで教室に戻って、道具を持って生物室までダッシュしなくちゃなんだよね？

うわぁ、間に合うかなぁ……。

はあ、と心の中でため息をついた瞬間だった。

ドンッ、という軽い衝撃。

急いでいたのだろう、階段を駆け上がってきた生徒が、私が持っていた世界地図にぶつかった。

あまり広い階段ではないから、すれ違う人と距離が近くなってしまうのは仕方ない。

普段の私なら、なんてことない衝撃だった。

……でも。

「きゃ……っ！」

小さくよろめいた体を立て直そうとした瞬間。

右足が床をしっかりと捉《とら》えることができずに、ズルッ、と足の裏が階段の縁を滑った感覚に襲われた。

ガクンと体が右側に傾き、視界が一瞬で下降する。

「きゃあぁっ！」

落ちる。

一瞬でそう理解して、訪れる痛みと衝撃を恐れ、思わずギュッと強く目を瞑《つむ》った。

「……っ⁉」

ドスン、という鈍い音とともに、体に衝撃が走る。

でも、それは思っていたほどの強さも痛みもなくて。

「い、ってぇー……」

「⁉」

すぐ近くから聞き慣れない声が聞こえ、私は慌てて目を開けた。

そして、思わずその目を大きく見開く。

……私、完全に人の上に乗っちゃってる⁉

きっと前のめりに階段から落ちて、そのまま下にいた人にダイブしちゃったんだ‼

「なんで上から女子が降ってくんの……」

「っ、ご、ごめんなさいいいーーっ‼」

シュバッ、といつもなら発揮できないようなスピードで、乗ってしまっていた人の上からどく。

仰向けの男子生徒と、まるでそんな彼を押し倒してしまったような体勢の私だったから、とにかく上からどかなくちゃ、と立ち上がるよりもまず体を床のほうに移動。

ゆっくりと上半身を起こしたその人の隣で正座した私は、彼の視線が私を捉えた瞬間、思わずピンと姿勢を正した。

「……晴山さん」

まっすぐに私を捉えたその人の瞳《ひとみ》。

上から降ってきたのが私だと今気づいたようで、私の名前を呼んだ声には、驚いたような響きが含まれていた。

……あぁ。今日は、厄日なのかもしれない。

高橋先生に怒られただけでも結構なダメージなのに、その上、よりにもよって、私が一番苦手な人の上にダイブしてしまうなんて。

想定外すぎる事態に硬直してしまった私に、彼はひとつため息をこぼした。そのため息に、なんだか責められているような気持ちになって、さらに落ち込んでしまう。

「ごめんなさい……」

もう一度謝った私にも、彼は不機嫌そうに二度目のため息を吐き出しただけだった。

「別にそこまで怒ってないから、そんなにおびえた顔で謝らなくていい。それより、ケガはしてない？」

すっくと立ち上がり、正座していた私の腕を掴《つか》むと、グイッと引っ張って立ち上がらせてくれる。

「ありがとう、大丈夫です。速水《はやみ》くんこそ、どこか痛いところとか……」

「突然上から降ってきた人に潰《つぶ》されて、痛くないわけない」

「すみません……」

そりゃあ痛くないわけないよね、と思いながらも、やっぱり相変わらず言葉に遠慮がないなぁとも思ってしまう。

だけど、偶然とはいえ受け止めてもらった人に、もう少し優しく言ってほしい、なんて言えるわけがないから、言いたい気持ちをグッとこらえる。

「これ、どこかに持っていく途中？」

ヒョイッ、と私が持っていたものと同じとは思えないほど軽々と床に転がっていた世界地図を持ち上げて、速水くんが私のほうを振り返った。

「うん、六組に持っていこうとしてて」

「ふーん」

興味なさげな相槌《あいづち》を打って、速水くんは世界地図を持ったまま歩き出した。

「え、あの、速水くん⁉」

なんで、と思いながら、慌てて速水くんを駆け足で追いかける。

「あんたが持っていくより俺が持っていったほうが早い。晴山さんは教室に戻っていいよ。届けとくから」

「え⁉　そんな迷惑かけられないです！　私が持っていくから、速水くんは気にしないで自分の授業に行ってください！」

「何、迷惑って。俺はあんたと違ってこっちの棟だし、一応あんたより力あるし、こんなの迷惑のうちに入んないんだけど。それよりフラフラ危なっかしく歩かれるほうが迷惑」

「っ」

なんでこの人は、いつもこうなの。

思わず、キュッと唇を噛《か》んだ。

彼の言葉に何も言い返せず、だけど言われるまま自分だけ教室に戻るのも憚《はばか》られて、私はただ速水くんの足早な歩調に必死についていった。

——速水遥斗《はると》くん。私と同じ二年生。

去年は同じクラスで、しかも出席番号が近かったから、席替え前の入学したばかりのころは席も前後だった。

少し癖のある黒髪と奥二重の涼し気な目元が印象的。程よく通った鼻筋も薄めの唇も、まるでお手本みたいにバランスよく配置された、きれいな顔の作りをしていて、なんだか完璧《かんぺき》すぎて怖いくらい。

すらりとした長身で、あまり背の高くない私が彼と話す時には、いつもすごく見上げる形になる。

入学式、新入生代表挨拶《あいさつ》をつとめたこの人は、入試から今まで誰にも譲ることなく成績は学年トップだ。

恵まれた容姿に、冷めた瞳、誰にでも遠慮のない言葉。そんなクールな雰囲気がカッコいいと、女子の間では人気があることは知っている。

騒がれるだけの見た目をしているし、いつも背筋をしゃんと伸ばして、しっかり『自分』を持っているのは、すごいと思う。

……でも、速水くんのまっすぐすぎる視線も、言葉も、私には強すぎて。

まわりに合わせて、まわりから浮かないように、そんなことに必死になっている私のことを、速水くんもきっと、よくは思っていない。

だから、速水くんと会話をしていると、言いたいことを上手く言えない自分がなんだかとても情けなくなってしまう。

……ちょうど、今の私のように。

二年生に上がってクラスが離れたことに、失礼だけれどすごく安心した。

あと一年は少なくとも彼とかかわらずに済むと。

だから、まさかこんな形で再び彼と言葉を交わすことになるとは思っていなかったけど、今だけ、だよね。

この世界地図を届け終わったら、また私は、彼とは別の場所に戻れる。

「遅かったな、晴山……、ん？　なんだ、速水に頼んだのか？」

六組の教室にたどりつくと、高橋先生はすでにいて、速水くんから世界地図を受け取った。

「ふーん、お前ら仲よかったんだな」

きっと高橋先生はとくに意味もなく言ったのだろうけど、私には衝撃の言葉だった。

私と速水くんが、仲よし……⁉

「そ、そんな、私なんかが速水くんと仲よしなんて」

「俺、晴山さんと話したの半年ぶりくらいですよ」

私の必死の否定と速水くんの冷静な指摘に、高橋先生は「そうなのか？」と興味もなさそうに言った。

私と速水くんは、ぺこりと頭を下げると六組の教室をあとにする。

「えっと、じゃあ、運んでくれてありがとうございました」

「別に」

私は速水くんにも頭を下げたけれど、速水くんは短く返事をしただけで、ふいっと私に背中を向け、自分の教室に入っていってしまった。

……相変わらず、そっけない。

「はっ！」

のんきに速水くんの後ろ姿を見送っている場合じゃない！

慌てて時間を確認すると、次の授業まであと三分を切っていた。

急がなきゃ、間に合わない！

そう思って、私は自分の教室に向かって駆け出したのだった。

第一話
苦手な人。

放課後の告白

本日最後の授業の終了を告げるチャイムが鳴ったと同時に、教室内の雰囲気がガラッと変わった。

早い人は、あっという間に教室を飛び出して部活に向かっていく。

「ふー」

みんながガタガタと席を立っていく中、私はイスの背もたれに背中を預けて大きく息を吐いた。

なんだか、今日はいつもより一日が長く感じたなぁ。

グーッと伸びをして、私も帰りの支度を始めようと机の横にかかっていたカバンをドサッと机の上に置いた。

隣の席の羽依ちゃんが私より早く帰る準備を終えて、立ち上がる。

「明李、また明日」

「うん、部活頑張ってね」

私の言葉に、「ありがとう」とにっこり笑うと、羽依ちゃんは教室を出ていった。

羽依ちゃんは野球部のマネージャーをしているから、放課後もすごく忙しい。

「私も行かなきゃ」

ゆっくり準備をしていた私は、ハッとして立ち上がる。

カバンを肩にかけ、教室を出て歩き出す。

私は羽依ちゃんのように運動部でバリバリ頑張っているわけじゃないけど、部活には所属している。

羽依ちゃんにとって部活が頑張る場所なら、私にとってのそれは、癒《いや》される場所だ。


「おつかれさまです」

ガラッ、とたどりついた教室のドアを開ける。

「明李ちゃん。おつかれさま！」

「待ってたよぉー！」

教室に入ってすぐ、小さな体が抱きついてきて、びっくりしてしまう。

「わっ、夕衣《ゆい》さん！　びっくりした～」

抱きついてきたのは、三年生の武田《たけだ》夕衣さん。

小柄で人懐こい夕衣さんは、なんと羽依ちゃんのお姉さんだ。

しっかり者の羽依ちゃんとはあまり似ていなくて、初めて姉妹だと知った時はすぐには信じられなかった。

「明李ちゃんが来なくて始められなかったんだからね！　ほら、早く準備して〜！」

私から離れて不満げに頬《ほお》を膨らませた夕衣さんは、先輩に言う言葉じゃないかもしれないけど、女の私から見ても本当にかわいい。

「まったく、自分から抱きついて明李ちゃんの動き止めてたくせに、よく言うよね」

クスクスと笑ってそう言ったのは、時谷果歩《ときたにかほ》先輩。

私の部活の部長さんだ。

「よーし、じゃあ全員揃《そろ》ったし、始めよっか！」

パン、と手を叩《たた》いて空気を一気に引きしめるのは、果歩先輩の得意技。

私の部活は、夕衣さんと果歩先輩の三年生ふたりと、一、二年生も四人だけという総勢六人の部員しかいない。

毎週木曜日。

この調理室で行われる部活が、私にとって何よりも楽しみな時間。

『料理研究部』なんてちょっとよくわからない名前だけど、やっていることは、好きなものを作って、好きなだけ食べているだけ。

そんな時間が、私にとって、すごく幸せな時間なんだ。

今日はみんなでパンケーキ会だった。

ふっくらしたパンケーキを焼いて、思い思いのトッピングを乗せる。

難しい料理を作る時はそれなりに失敗もするけど、今日は大成功。

夕飯が入らないくらい、たくさん食べてしまった。

食べきれなかった分は保存ボックスに入れて持ち帰る。

作るのは楽しいけど、いつも食べきれないくらい作りすぎちゃって余るから、部活の日は必ずみんな、保存ボックス持参。

日が傾き始めたころ、今週の部活の終了を部長が告げた。


片づけを終え、調理室の鍵《かぎ》当番だった私は職員室に鍵を届けてからみんなより少し遅れて校舎を出る。

秋の風がふわりと制服のスカートを揺らし、ほんの少しの肌寒さを感じる。

ついこの前まで、あんなに暑かったのに。

もう、すっかり季節は秋だ。

「次のバス、いつだろう」

スマホで今の時間と時刻表を確認しようと、定位置であるスカートのポケットの中に手を入れた。

「……あれ？」

ところが、そこにはハンカチが入っていただけ。

あるはずのスマホがなかった。

カバンの中かな、と一度立ち止まってスクールバッグを開け、ごそごそと中を探ってみるも、それらしきものは見当たらない。

さすがにこれは引き返さなきゃなぁ、と私はため息交じりにくるりと方向転換。

——たぶん、教室の机の中だ。

そう思って、私は再び夕暮れ色に染まる校舎に引き返したのだった。

……けれど。

それが、いけなかった。

思ったとおり、私のスマホは教室の机の中に入れっぱなしになっていた。

だけど、安心してそれをスカートのポケットに入れ、さぁ今度こそ帰ろう、と再び校舎を出ようと廊下を歩いていた時だった。

「……ごめんなさい。遥斗のこと、そういうふうには見られない」

明らかに聞いてはいけないようなセリフが、聞こえてきたのは。

「っ!」

これから曲がろうとしていた廊下の角。

その先から聞こえてきた、凛《りん》とした女の人の声。

それは、明らかに、誰かの告白を断っているような言葉で。

私はハッとして、歩いていた足を止めた。

……ん？

ていうか、今、『遥斗』って……。

「……わかった」

「‼」

女の人の返事に答えるように悲しげな色が浮かんだ男の人の声が聞こえてきて、それは、信じられないけど、まぎれもなく――。

「ごめんね、遥斗。……本当にごめん」

「いいよ、別に。……部活に戻れば。部活中に、わざわざ呼び出したりして俺のほうこそごめん」

……こんな時まで、どこかそっけない声。

そんな声のあと、私がいる方向とは逆に向かう、ひとり分の足音が聞こえた。

きっと、告白されていた女の人が部活に戻っていったのだろう。

……ああ、もう。やっぱり間違いないよ。

さっきの、速水くんの声だ……。

え、じゃあ告白したのって、速水くん？

っていうことは、あの速水くんが告白して、しかも振られ――。

「っ‼」

理解が追いつかずに立ちつくしていると、突然目の前に現れた背の高い人影。

曲がった先にいた私を見つけた速水くんは、ポーカーフェイスの彼にしては珍しいほどの驚いた表情をしていた。

きっと私も、速水くんと負けず劣らず驚いた顔をしているに違いない。まさか速水くんがこっちに曲がってくるなんて思っていなくて、頭の中が真っ白になる。

告白を聞かれるなんて、絶対嫌だよね。うん、私なら絶対嫌だもん。

どうしよう。何を言ったらいいの⁉

「晴山さん」

向かい合ったままのしばしの沈黙のあと、先に口を開いたのは速水くんだった。

怒られるかも、と思っていた私の予想を裏切って、その声からは怒りや不機嫌さはうかがえない。

ただ、いつものように淡々とした、彼の少し低い声が耳に届く。

「は、はい」

なぜだろう、まっすぐに速水くんの顔が見られない。

俯《うつむ》いて、頷いた。

「さっきの、聞いてた？」

「う、ううん？　さっきのって、なんのこと？」

自分がどうして嘘《うそ》をついているのかわからないまま、私は反射的にふるふると首を横に振っていた。

……だけど。

「見え見えの嘘つくなよ。……聞いてたんでしょ？」

はぁ、というため息とともに降ってきた言葉に、私は何も言い返せない。

そう思うなら、初めから尋ねなきゃいいのに。

「言いふらしたかったら、言ってもいいよ。女子ってこういう話題好きだもんね」

「え⁉　言わないよ‼　言えるわけないじゃん！」

諦《あきら》めたような口調で言った速水くんに、私は思わず俯いていた顔を上げて言い返していた。

まさか、そこまで信用されていないとは思っていなかった。

いつもと変わらず淡々とした態度の速水くんだけど、傷ついていないわけないもん。

人の失恋を、人の傷を、邪気なく笑えるほど、私は冷たくて無神経な人間じゃないって自分では思っているけれど、速水くんの中では、私はそういう人間だって思われているのかな。

「ふーん。……なんで？」

なんでこんな面白いネタを隠しておくの？

速水くんの目はそう言っていて、私はもう意味がわからなかった。

なんなの？

この人、むしろ言いふらしてほしいの？

そうだとしても、私にはできないけど！

「別に言いふらしても怒らないし」

「私、速水くんに怒られるのが怖いから言わないわけじゃないよ！」

どれだけ私のことバカにしてるの⁉

だんだん腹が立ってきた私に向かって、速水くんは「へぇ」と首をかしげた。

そこには、いつもの興味なさそうな様子はなくて、むしろ……。

「晴山さん」

「な、何⁉」

今度はどんな失礼なことを言われるんだろう、と思わず身構えた私に、速水くんは
フッと小さく笑う。

「このあと、時間ある？」

「時間⁉　……え、何？」

今までかけられたことのない言葉に、私は一瞬何を言われたのかわからずに目を見張ってしまった。

「その感じだと、暇みたいだね」

「え……、え？」

グイッと引かれた腕。

何が起こっているのか、まったく頭がついていかない。

いったいどこに連れていかれるの!?

あまりに混乱しすぎて、離して、とも言えない私は、速水くんのペースに巻き込まれたまま、引かれる腕に導かれるままに、彼のあとをついていくしかなかった。


「……」

連れてこられたのは、学校のすぐ近くにあるファーストフード店。

どうして速水くんとハンバーガーを食べることになっているのか、さっぱりわからない。

お腹いっぱいパンケーキを食べてきたばかりの私のトレーに乗っているのはジュースだけだけど、向かい合って座る速水くんはハンバーガーを完食するところだった。

こんな中途半端な時間に食べて、夕ご飯食べられるのかなぁ。

なんてぼんやり考えながら、速水くんがハンバーガーを頬張《ほおば》る姿を眺める。

このお店は私も結構利用するけど、一緒に来るのは大抵部活の子とかクラスメイトだ。それこそ羽依ちゃんとはよく来るんだけど、まさか速水くんと、しかもふたりで来る日が来ようとは、想像もしていなかった。

学校の近くだから、やっぱり私の学校の生徒の利用者が一番多いように見える。

ちらちらと感じる視線は、きっと速水くんと一緒にいるせいだ。

こんなに落ちつかない気持ちでこのお店を利用したの、初めてだよ……。

私は心の中でひっそりとため息をついた。

「あの、速水くん？」

ハンバーガーを食べ終わり、包み紙を几帳面《きちょうめん》に角を揃えて折りたたんでいる彼に向かって、おそるおそる話しかけてみた。

半ば強引に連れてきたくせに、このお店に入ってから速水くんは一言もしゃべらないから、なんだか話しかけづらかったんだよね。

速水くんは私の呼びかけに言葉は発さずに視線を上げて、私の目をまっすぐに見てくる。

「どうしてここに来たんですか？」

たぶんだけど、速水くんはひとりでも気にしないでこういうところに来られちゃう人だと思う。

だから、ひとりで来るのが嫌だったから私を連れてきたわけじゃないだろう。

きっと、ハンバーガーが食べたい以外に理由があるはず。

そう思ったから、理由を聞いたのに。

「どうして、って。普通に腹減ってたからだけど」

そうあっさりと返されてしまった。

しかも、かなりの呆《あき》れ顔で。

なんなの、もう！

「……じゃあ、もういいですよね。空腹は満たされましたよね。私、帰ります」

「なに言ってんの？　まだ話は終わってないから」

「……」

終わってない、っていうか、始まってない、っていうか、話があるとか言われてないですよねー!?

……と言いたいのをこらえて、私は立ち上がりかけていた動きを止め、再びイスに腰をおろす。

速水くんのこういうところが、苦手。

言葉はすごく直接的なのに、全部を言ってくれるわけじゃないから、本当に困る。

私の頭の回転はお世辞にも早いほうとは言えないから、速水くんの言いたいことがすぐには理解できないんだ。

「話って」

「さっきのことだよ。……ちょっと、聞きたいことがあって」

「聞きたいこと？」

速水くんが、私に？

なんだか速水くんがそんなことを言うのが意外で、私は思わず首をかしげていた。

すると、彼にしては珍しく、少しためらうようにしてから口を開く。

「あー、うん。……あのさ、晴山さんって、両想いになれなくても、どうしても諦められない恋ってしたことある？」

「……」

え？　何？

どうしよう、まったく頭が動き出さない。信じられないけどもしかして、速水くんが私に、恋愛相談をしている？

「……晴山さん、聞いてる？」

「えっ⁉　あ、うん⁉」

「晴山さんって、俺に対して敬語だったりそうじゃなかったり、忙しいよね」

「え、あ、そ、そうかな⁉」

たしかに、苦手意識のせいで同級生なのに敬語になっちゃったりするんだよね。

直さなきゃ、とは思っているんだけど。

……って、そうじゃないでしょ、私⁉

「うん。……で、俺の質問に対する答えは？」

あくまで淡々と話す速水くんの質問の意図がまったくわからない。速水くんがこんなことを聞いてきたのは、もちろんさっきの告白が理由とは思うけど、私の恋愛話を聞いたところで、なんの解決にも参考にもならないと思う。というか、私、速水くんに質問されているような恋どころか、恋愛経験自体ほぼゼロだし。……って、あんまりそのことは知られたくないなぁ。

「い、言いたくないです」

おそるおそる拒否権を発動してみたけれど。

「……」

言葉はなくとも速水くんが不機嫌になりそうなのを察して、私は言葉を繋《つな》ごうと慌てて口を開いた。

「ていうか、もし私にそういう経験があったとしても、私と速水くんは違うし、参考にならないと思うから！」

「別に、参考にしようと思って聞いたわけじゃないけど……。まあ、いいや。晴山さんの言うとおり、たしかに晴山さんが報われない片想いをしていたところで、興味ないし」

「えっ、聞いておいてそれはひどくない⁉」

興味ない発言にびっくりしてそう言うと、速水くんは冗談、と言って笑った。

私の言葉に不機嫌になったわけではないことに安堵《あんど》する暇もなく、その笑みに驚きと戸惑いを感じてしまう。速水くんが私に向かってこんなふうに笑ってくれたことなんて、今までなかったから。

やっぱり、振られたこと、ショックなんだ。

なんて、いつもと違う彼に、そんな当たり前のことを痛感させられる。

速水くんがいったい誰に告白したのかは知らないけれど、聞いてしまったやりとりだけでも、普段から親しい間柄であることが察せられた。告白を断る声には申し訳なさが滲《にじ》み出ていたし、自分が断ることで速水くんを傷つけることになるだろう痛みを感じていることも伝わってきた。

恋ではないけれど、きっと、相手の人にとって速水くんはとても大事な存在なのだろう。

……それなら。

「諦めなくても、いいんじゃないかな」

気づいたら、呟《つぶや》くようにそう言っていた。思わず出てきた言葉に自分でも驚いたけど、速水くんも虚をつかれたような顔をして私を見ている。

「あ、えっと、ごめんなさい。無責任なことを言って」

「なんで、諦めなくてもいいって思った？」

ハッとして謝る私の言葉が終わる前に、速水くんが早口で尋ねてきた。まっすぐに私を見る視線はとても強く、視線を逸《そ》らすこともできない。

さっきまでの笑みはなく、とても真剣な表情の速水くんに、速水くんが聞きたかったのはまさにこのことだったのだと悟った。

そっか。速水くん、諦めたくないんだね。もう少し頑張っていいよって、誰かに背中を押してほしいんだ。

速水くんでもそんなふうに思うことがあるなんて、すごく意外。

こんな時に不謹慎だけど、今まで知らなかった一面が見えた気がして、少しだけうれしくなった。

「聞いちゃった限りでは、すごく親しそうな感じだったし、もう少し頑張ってもいいんじゃないかな、って思ったから」

「……そっか」

私の言葉に、ぽつりと一言だけ発して相槌を打った速水くんの表情がとても柔らかくて、安堵しているのが伝わってきて、なんだか応援したくなってしまう。こんなにも強い想いが届かないなんて、なんだか悲しいもの。

「……頑張ってね。応援してる」

思わずそう言った私に、速水くんは少し驚いたようだったけど。

「どうも」

と少し恥ずかしそうに言った。

「ていうか、すごいね。陽《ひなた》って、一度決めたことは曲げない性格に見えない？　それを頑張れって、晴山さんもなかなか強気な応援してくれるよね」

照れ隠しなのか、心なしか早口に言った速水くん。なんだ、速水くんもかわいいところあるじゃん……って、ちょっと待って。

速水くん、さらっと今、陽って言った？　それってもしかしなくても、速水くんが告白した相手？

ああ、そういえば。

速水くんの告白を断っていた、凛《りん》とした芯《しん》の通った声。聞いたことがあるかもしれない。

「……速水くんが好きな人って、志賀《しが》先輩だったんだ……」

思わずそうこぼした私に、速水くんは驚いたような表情を浮かべた。

「……告白、聞いてたんじゃないの？」

「聞こえたけど、誰かまではわからなかったよ。私、先輩と話したことないし……」

——志賀陽先輩。

生徒会で会計を担当している。

直接かかわったことはないけれど、全校集会や学校行事の時に声くらいは聞いたことがあるし、遠目で見たことくらいはある。

でも、普段かかわらない人だから、言われるまで気づかなかった。

……そっか。そういえば、速水くんって生徒会の書記だもんね、そこで仲よくなったのかな。

志賀先輩は、私たちよりひとつ年上の三年生。

頭もよくて、所属している剣道部でもすごくいい成績を残していて、しかもすごく美人、らしい。

接点がなさすぎてちゃんと顔を見たことがないから、私はよく知らないんだけど、すごくきれいでカッコいい人、っていうイメージだ。

「なんだよ……。じゃあ俺、わざわざ自分でバラしたってこと？」

はあ、と大きなため息をついて、速水くんはそう言った。

そうなるね、なんて言ったら睨《にら》まれそうだったから余計なことは言うまいと、私は黙ったまま落胆している速水くんを眺める。

「まぁ、いいや。隠してるわけじゃないし。それより、晴山さん。応援するって言ったよね」

「え？　うん、言った、けど」

なんだろう、すごく嫌な予感がするんですけど。

「乗りかかった船だし。協力、してほしいんだけど」

いつもポーカーフェイスの彼が小さく口角を上げた。

そんな表情を向けられたのは初めてで、さっきから今まで見せてくれなかった表情が連続するものだから、びっくりして心臓がドクンと跳ねる。

たぶん、そんな動揺でいっぱいいっぱいだったんだよね、私。

彼の言う『協力』がいったいどういうことなのかわからないまま。

気づいた時にはもう、コクリと頷いてしまっていた。

ワンピース

ザワザワと騒がしい人混みに取り残されないように、私は懸命に目の前の人波をかき分けて進む。

日曜日の駅前は何かイベント事があるようで、家族連れを中心に多くの人で賑《にぎ》わっていた。

「きゃ……！」

急に私の前を横切った、小学生くらいの男の子。

そのままのスピードで歩いていたら衝突しそうになってしまったから、私は慌てて立ち止まる。

なんとかぶつからずに済んだけれど、ふう、と安堵の息を吐き出したと同時にハッとして前を見れば、さっきまですぐ前を歩いていたはずの背の高い後ろ姿が、いつの間にやら遠くに見えた。

もう。歩くの、早いよ……！

私は心の中でため息をついて、

「速水くん、待って‼」

と声を上げた。

まわりの喧騒《けんそう》にかき消されてしまわないか心配になったけれど、すぐに彼は私の声に気づいて立ち止まり、振り返る。

……そして、ものすごく呆れたような表情をして、私のところまで戻ってきてくれた。

「今日、なんでこんなに人が多いんだよ」

するりと上手く人の流れをかわして簡単に私のところに歩いてきた速水くんは、チッ、と舌打ちでもしそうに不機嫌な顔でそう言った。

「私に言われても」

私だって、こんなに混んでいるなんて思ってもみなかった。

「まぁ、混んでるのは仕方ないにしても。これくらいちゃんとついてきてくれないと困るんだけど。とりあえず建物の中に入りたい」

「ごめんね……。私、人混み歩くのヘタくそなんだ」

「上手いとかヘタとかあんの？　これ」

ちょっと驚いたような顔をした速水くんに、私は困ったように笑ってみせた。

「セールとか行くと、絶対友達とはぐれるんだよね」

「……いらない特技持ってんだね」

ふ、と小さく呆れたような笑みを落として、速水くんは再び前を見た。

「迷子にだけはなるなよ。面倒だから」

「うん、頑張る」

今度こそはぐれないようにと、私も気合いを入れて速水くんの半歩後ろを歩き出す。

……日曜日の人混み。

ふたりきりの会話。

見慣れた制服姿じゃない、私と速水くん。

家族以外の男の子とふたりで出かけたのはこれが生まれて初めてだなんて、速水くんには絶対内緒。

——そもそも。

どうして速水くんとふたり、日曜日に学校の外で会っているのかというと。

木曜日に速水くんが口にした、『協力してほしい』という言葉。

それを、本日実行しているのだ。

『陽の誕生日プレゼントを買いたいから選ぶの手伝って』

協力、なんていったい何をさせられるんだろう、と思っていたけれど、速水くんがお願いしてきたのは意外と普通のことだったから、私は無意識のうちに安心していた。

聞けば、志賀先輩は来週が誕生日で、生徒会のみんなで小規模ながらもパーティーをするらしく、その時にプレゼントを渡したいとか。

プレゼントを選ぶのって難しいもんね。

しかも相手が異性だなんて、なおさら。

と、共感してしまう部分もあったから、抵抗もなく『いいよ』と承諾した。

そして、今に至る。

「あ、これ、かわいい」

なんとか人混みを抜け、目的地であった駅の近くのショッピングモールにたどりつくことができた私たち。

今は、女子向けの雑貨屋さんにいる。

私が「かわいい」と言って手に取った、ふわふわの化粧ポーチに視線を向けた速水くんは、すぐに首を横に振った。

「……なんか違う。そんな女の子らしいデザインのものをあいつが持ってるとこ、見たことない」

「そうなの？」

私は欲しいけど、と思いながら手に取ったポーチを商品ラックに戻す。

「陽はもっと、なんていうか、実用性重視って言うか」

「そっか。難しいね」

　私は結構デザイン重視で選んでしまう。

　志賀先輩と私ってとことん似てないんだなぁ、ってしみじみ感じてしまった。

「うーん、じゃあ何がいいのかなぁ」

　ぶらぶらと店内を歩き回りながら、よさそうなものを見つけては「これは？」と聞いてみるけど、速水くんはなかなか首を縦に振ってはくれなかった。

　初めにいた雑貨屋さんを出て他のお店も見てみる。

　選び始めた時は、それぞれで店内を見て回って、話しかける時だけお互いのところに行くような感じだった。

　だから速水くんと一緒に買い物をしてるんだ、という意識はあんまりなかったんだけど、四件目のお店を見ながら、ふと。

　そういえば、いつの間にか会話をしながら商品を見ていることに気がついた。

……え。

　速水くんと、会話が続いている⁉

「これとかどう……、何、どうかした？」

　最後まで言葉を紡ぐ前に速水くんが、衝撃の事実に脳の動きをストップさせていた私の様子がおかしいことに気づいたらしく、怪訝《けげん》そうな顔で私を見た。

ハッとして、慌てて笑う。

「な、なんでもないよ。……それ、素敵だと思うっ」

えへへと笑った私を少しの間疑わしそうに見ていた速水くんだけど、「そう？」と自分が手に取った小さめのポーチに視線を落とした。

「……じゃあ、これにするわ。買ってくる」

「うん、行ってらっしゃい」

レジに向かった速水くんの後ろ姿を見ながら、私は小さく息を吐いた。

はー、まさかこんなふうに速水くんと話ができるとは思わなかったよ。

いつもみたいに真正面から会話をしていたら、もしかしたら衝突することもあったのかもしれないよね。

話が不思議なくらい続いたのは、商品を選びながらだったからかなぁ。

私はぼんやりとそんなことを考えながら、商品ラックに残った、速水くんが買いに行ったポーチと色違いのものをなんとなく手に取る。

見た目は紺色にワンポイントで金色の刺繍《ししゅう》でリボンのマークが入っているシンプルなものだけど、裏地にはかわいらしいチェックの模様が入っていて、ポケットも多く使いやすそう。

一番初めに私が速水くんに薦めたのもポーチだったけど。

私が選んだ、桜色のふわふわ生地のそれとは全然違う。

速水くんが選んだような大人っぽいデザインは、普段の私なら手に取らないタイプのものだ。

志賀先輩って、ああいうのが好きなんだ。

……速水くんって、ああいうのが好きな女の人が好きなんだ。

「って私、なに考えてるの」

自分の思考にびっくりしていると、隣に人の気配がした。顔を上げると、会計を終えたらしい速水くんが立っていた。

「……なんかひとりごと、言ってなかった？」

「え⁉　き、気のせいだよ！」

聞こえてたの⁉

恥ずかしい‼

私は慌てて持っていたポーチを棚に戻して、速水くんのほうに向き直った。

「まぁ、なんでもいいけど」

買い物を無事終えられた安堵からか、速水くんは一度、ふう、と息を吐き出してそう言った。

「とにかく、いいのが買えてよかった。行こう」

お店を出て時間を確認すると、お昼すぎに待ち合わせたはずなのにいつの間にかもう夕方と呼べる時間帯に差しかかっていた。

「で、どこがいい？」

「え？」

急にクエスチョンを向けられ、私はきょとんとしてしまう。

どこ、って。

いったいなんの話？

「……飲み物くらい奢《おご》る。結構な時間、付き合わせちゃったし」

「え」

『どこに行きたいか』という質問への私の返事を聞く前に、速水くんはくるりと私に背中を向けて歩き出してしまった。

慌ててその後ろをついていくけど、……質問しておいて返事は聞かないの？

「あの、気にしないで？　奢るとかそんな……。私も選ぶの楽しかったから」

少し前を歩く速水くんにそう言うと、彼は歩くペースを少し落として、ちらりと私を見た。

「俺の気が済まないの。四階にカフェあったよね。そこでいい？」

「私、喉《のど》渇いてないしホントにだいじょ……」

「俺は喉カラカラだから、最後にちょっと付き合って」

「……っ」

『大丈夫』という私の言葉を遮って、有無を言わさぬ口調できっぱりそう言った速水くんは、すでに歩くスピードを速めてしまっていたから、私は何も言い返せずについていくしかない。


「……ありがとう」

今、私たちがいるのは若い人たちで賑わうカフェ。

差し出された、クリームがたっぷり乗ったアイスココアは、速水くんが買ってくれたものだ。

結局、奢ってもらうことになってしまった。

店内は結構な混雑だったけれど、なんとか空《あ》いている席を見つけて腰をおろす。

この前、学校の近くのファーストフード店で速水くんと向かい合わせに座った時も、まさか速水くんとふたりで来ることになるなんて、って思ったけど。

今日はますますそう思ってしまうよ……。

だってここ、学校の女子の間でも話題の最近できた人気のカフェ。

ふわふわのパンケーキが有名で、今度行きたいね、って部活のみんなとも、羽依ちゃんとも話していた。

　なのに、まさかその中の誰でもなく、一番敬遠していたはずの速水くんと来ているなんて。

「あ、これ美味《うま》い」

　自分が頼んだカフェラテを口にした速水くんがそう言ったのを見ながら、本当に信じられない思いだった。

「あのさ……」

　自分の手元を見ていた速水くんが、ふいに視線を上げて。

　そして何かを言いかけたまま、私を通り越したどこかを見たまま、絶句したような表情になる。

「……速水くん?」

　いきなりどうしたんだろう、と不思議に思って彼の視線をたどった私は、その視線が背後に向いていた理由を、理解して。

「っ!」

　思わず言葉を失ってしまった。

　さらっ、とまっすぐに背中を流れる黒髪。

　長い手足。

小さな顔。

かわいらしいというよりは凛々《りり》しい、形のよいきれいな瞳。

すっと通った鼻筋。

思わず私まで背筋を伸ばしてしまうほど、きれいな姿勢。

私と速水くんが座った席の、斜めに置かれたテーブルに座ろうとしていたその人を見る速水くんの表情は、今まで見たことがないくらい、驚きに満ちていた。

……告白を私に聞かれていたと知った時も驚いていたように見えたけど。

そんなの、比べ物にならないくらいだ。

彼女の顔をちゃんとまっすぐに見たのは初めてだったけれど、紹介される必要なんかない。

志賀先輩、だ。

……あー、でも、そっか。

こんなにきれいな人。

魅了されないわけ、ない。

女の子に興味なさそうな速水くんだって、きっとこの人の圧倒的な美しさには心を奪われるしかなかったんだ。

私だって。

同じ女の私だって、こんなに目が離せないんだもん……。

「遥斗。偶然、だね」

まるで私たちだけが、まわりの時間の流れから切り離されていたかのような錯覚に陥っていたけれど、そんな空気を崩したのは、にっこり笑った志賀先輩の優しい声だった。

カタン、と持っていたトレーをテーブルに置いて、志賀先輩はひらひらとこちらに向かって手を振った。

速水くんはといえば、突然の志賀先輩の登場にさすがの彼も頭がついていかないのか、呆然《ぼうぜん》としたまま何も答えられずにいる。

「友達？」

志賀先輩と一緒にいた友達と思われる女の子もこちらを振り向いて、そして志賀先輩にそう尋ねているのが聞こえた。

「うん、生徒会の後輩と……、えっと」

志賀先輩はお友達さんにそう答えて、しかし途中で困ったように笑う。

わ、私のことをどう説明していいのかわからないんだ！

「あ、すいません！　私、速水くんの……えっと」

クラスメイト……、だったのは去年だし。

友達……、ではない気がするし。

な、なんて答えたらいいの⁉

私の足りない頭ではとっさに思いつかなくて、言葉に詰まってしまった。

すると私の動揺を見ていた志賀先輩は、少しの間きょとんとしていたけど、すぐにふわりと笑った。

「ああ。……もしかして、遥斗の彼女？」

私の曖昧《あいまい》な態度をどうやら恥ずかしがっているのだと勘違いしたらしい志賀先輩は、そんな言葉を向けてくる。

「え⁉　ち、ちが」

「恥ずかしがらなくてもいいよ！　遥斗、いつの間にこんなかわいい彼女ゲットしてたの？　教えてくれたらお祝いしたのに！　すごく優しそうな子で安心。私までうれしいなー！　あ、私たちのことは気にしないで、どうぞデート、続けて続けて！」

うれしそうに笑って自分のイスに腰をおろした志賀先輩は。

……本当に、言葉どおり。

うれしそうに笑って、そして安心したような優しい表情を浮かべていて。

「……っ」

そんな志賀先輩の表情を見た瞬間、胸に強い痛みが走った。

……何、これ。

苦しい。すごく痛い。

あまりに心が痛くて、それに比例するように喉までギュッと締めつけられるように痛くなって、声が出ない。

早く否定しなきゃ、って思うのに。

言葉が、声が、出てこない。

だけどその時、ふいに脳裏によみがえってきたのは、真剣に志賀先輩へのプレゼントを選ぶ速水くんの姿。

「……あのっ！　私っ‼」

なんとか声を振り絞って、思わずガタン、と立ち上がった瞬間。

「きゃっ⁉」

勢いよく立ち上がったせいで、手の甲でテーブルの上のココアを倒してしまった。

「バカ、何してんの」

気づいた速水くんがすぐにグラスを起こしてくれたからそこまでこぼれなかったけど、それでも気づけば私のスカートにはココアのしぶきが飛んできていて。

「わ、わわわ」

速水くんが差し出してくれたハンカチで慌ててスカートを拭《ふ》く。

「よかったらこれも使って？」

優しい声とともに、白くて細い指でスッと差し出された、落ちついた色のチェック柄のハンカチ。

……さすがだね、速水くん。

ちゃんと志賀先輩の好み、わかってるんだ。

ふと視線を上げた私の視界に飛び込んできた、志賀先輩のきれいな顔。

私のスカートに飛んだココアがシミにならないか心配するように視線を伏せたそのまつ毛の長さに、透き通るような肌の白さに、思わず見惚《みと》れてしまった。

ホントにきれいな人だなぁ……、なんて悠長なことを考えながら、

「ありがとうございます」

と目の前のハンカチを受け取ろうとした、瞬間。

「いいよ。もう俺たちここ出るから」

「え」

私の目の前にあるハンカチを志賀先輩のほうに押し返したのは。

それと同時に私の腕を強く引いたのは、他の誰でもない、速水くんで。

「晴山さん、行くよ」

「あ……、はい」

私の腕を掴んでいた手がするりと下りてきて、自然に繋がれた手に、抗《あらが》うこともできずに頷く。

「……本当に大丈夫?」

突然立ち上がって私と志賀先輩の間に割り込んできた速水くんに驚いた表情を浮かべながらも、志賀先輩は心配そうな声色のまま、静かに差し出したハンカチを引っ込めた。

そんな志賀先輩に、速水くんが「ああ」と短く返す。

「あの、ありがとうございました」

気づかってくれて、とすれ違いざまペコリと一度志賀先輩に頭を下げると、先輩は小さく微笑《ほほえ》んでくれた。

カフェに入ってくる人たちの流れに逆らって、手を引かれるままに店を出る。

……ていうか。

結局、速水くんの彼女じゃない、って志賀先輩に言えなかったじゃん……!

志賀先輩も、ひどいよ。

速水くんは、振られたからってすぐに他に彼女を作るような人じゃないのに。

志賀先輩のためだけに、速水くんはあんなに一生懸命にプレゼントを選んでたのに。

なのに。

……あー、もう。

肝心なところで役立たずなんだ、私。

ちゃんと私があの時に否定できていたら。

嘘でも「ただのクラスメイトだった」って言えていたら、きっとこんな展開にはならなかった。

なのに、ココアをこぼしたくらいで言えなくなっちゃうなんて。

それどころか、間近で見た志賀先輩に見惚れちゃうなんて。

情けなさすぎ……！

すたすたと足早に歩いていた速水くんが、徐々にスピードを落として立ち止まる。

賑やかな人混みが少し遠くに感じられる、階段の踊り場。

他よりも、どこか涼やかな風が流れているような気がした。

「……はぁ」

私の手を離さないまま、私に背を向けた速水くんは、何も言わずにため息だけを吐き出して。

そんな速水くんの背中が、いつもの堂々とした彼とは思えないほど頼りなさげに見えたから、なんだか私のほうが泣きたくなってしまった。

失恋の痛みなんて、私にはわからない。

そんなふうに深く、まっすぐに人とかかわったことが私にはないから。

「ホント、陽ってすごいだろ?……普通、自分がついこの間振った相手にあんなこと言える? したたかすぎるって」

さすがに堪える、と自嘲《じちょう》気味に笑って、速水くんはもう一度ため息をこぼした。

こんな速水くん、初めて見る。

速水くんでも、こんなふうにわかりやすく落ち込むんだ。

「……で、なんで晴山さんまでそんな顔してるわけ」

自嘲を含んだ表情のままの速水くんの言葉。

……そんな顔、って。

「普通に、してるつもりなんだけど」

「ふーん。あんたって、いつもそんなに苦しそうな顔をしてたんだっけ?」

言われて、自分の眉間《みけん》にシワが寄っていることに気づいた。

「……だって」

「あー、……もしかして、同情してる?」

私の言葉を遮って、速水くんが乾いた笑いをこぼして言った。

……同情?

一瞬、言われた意味がわからなくて。

だけどそんなのは本当に一瞬で、すぐにその言葉が、ズンと心に重く落ちていって。

自分ではそんなつもりは少しもなかった。

ただ単純に、何もできない役立たずで無力な自分が情けなくて、それがこの胸の痛みの原因だと思っていたけど。

もしかして、私。

振られた上に、志賀先輩にあんな態度をとられた速水くんのこと、かわいそうだって、思ってる……？

「……図星、か。晴山さんってホントにわかりやすいね」

「ち、違いますっ！　同情なんてしてない！」

慌てて否定したけど、その声は自分でもわかるくらいうわずっていて。

「はい、嘘つかない。バレバレだから。あんた嘘つくの向いてなさすぎ」

速水くんの、言うとおりだと思った。

私、嘘つくのヘタすぎる……！

「はぁ。晴山さんに同情されるとか……、情けなさすぎる」

大仰なため息とともに吐き出された言葉に、思わず目を見張った。

そ、そこまで言わなくても！

「振られてるとこも見られてるし、なんか最近、晴山さんにはカッコ悪いとこばっか見られてる気がする」

「そんな、カッコ悪いなんて思ってないよ」

私には好きな人に告白する勇気もないし、そもそも告白したいと思えるほど人を好きになったこともない。

今日だって、もとはといえば私がもっと機転のきく性格なら、あんなことにはなってない。

速水くんのことをカッコ悪いなんて言う資格、私にあるはずないよ。

「カッコ悪いとは思わなくても、かわいそうとは思ったわけだ。……そっちのほうが、よっぽど残酷だと思わない？」

「っ」

志賀先輩より速水くんのほうが、よっぽど言葉に容赦ないと思う……！

なんて、言い返せないけど。

刺々しい思いが頭と心に燻《くすぶ》って、だけどそれはやっぱり言葉にはできない。

どうして、私ってこうなの。大事な時に何も言えない。

たしかに、速水くんの言いたいことだってわかるよ。

ひどいことしてる、って自覚しているし。

でも……言い方！

もっと何かこう、他にいい言い方はなかったの？

残酷、なんて。

その言葉だって、私をかなりの威力で傷つけてるって、速水くん、わかってる？

ぐっ、と思わず唇を強く噛んだ。

「ていうか、陽にもう少し気のきいた返しをしてくれたら助かったんだけど。陽、俺と晴山さんの関係、完全に誤解してるよ。……俺も何も言えなかったから、晴山さんだけを責められないけどさ」

私がまさに気にしていたことを、ストレートに口にする速水くん。

わかってるよ。そんなこと、私が一番わかってる！

……って、そう言ってしまいたいけど。

「ごめんなさい……」

結局、私の口からこぼれ落ちたのは、いつものセリフ。

しかも、私の謝罪に速水くんは何も返してはくれず、しばしの間重い沈黙が漂う。

「……私、帰ります」

先にそう言って沈黙を破ったのは、私のほう。

ピリピリとした空気に耐えきれずに、逃げ出すほうを選んだ。

速水くんが無意識に掴んだままにしていたであろう手。

その手をゆっくりと振りほどこうとしたけれど。

「あの」

ほどこうと力を入れた瞬間、私とは逆の意志が込められた、速水くんの手のひら。

私に横顔を向けるような角度で立っていた速水くんの爪先が、私のほうに向くのを視界の端で捉えた。

戸惑いながらも繋がれた手から顔を上げると、眉間にシワを刻んで難しい顔をした速水くんが、私のことを見おろしていて。

どこか悩ましげなその表情は、とても、きれいで。

とっさに何も言葉が出なかったのは、速水くんの私に向けられたまっすぐな瞳に、不覚にも魅了されてしまったから。

なんでも見透かされてしまいそうな、強くてまっすぐな目。

いつも怖いと思うその目が、不思議と今はそう思わなくて。

「……晴山さんのそういうとこ、本当にイライラする」

再び胸にざっくりと刺さるその言葉を、真正面から受け止めてしまった。

「簡単に自分から折れるな。簡単に謝るな。……あんただって少しは言いたいこと、あるだろ」

はあ、とため息交じりにそう言われ、さすがにカチンと来てしまった。

「……速水くんの言うことは間違っていないから、言い返せないだけだよ」

志賀先輩に振られて、あんなふうに簡単に誤解される速水くんに同情している自分が、残酷だということも。

志賀先輩にちゃんと否定できなかった自分が、情けないことも。

……そんなに強く言わなくてもいいじゃん、とは思うけど、それ以上に彼の言葉がまぎれもなく本当のことだから。

それがわかっているから、何も言えない。

「……本当に、それだけ?」

疑うような声色で、速水くんは私にそう尋ねた。

コクリと頷く私に、彼はフッと目を細める。

「……いいよ。怒らないから、思ってること全部言って」

「そんなこと言われても……」

思ったことをなんでも言葉に口にできるなら、とっくにしている。できないから、こんなに自分が嫌になっているのに。

「ほら。今、何を省略した? 俺、人の心が読めるわけじゃないから、言われないとわからない。……ちゃんと最後まで言葉にしなよ」

し、しつこい――！

……しかも、だ。

ただでさえ近い距離にいて、なぜか手まで繋いでいるのに、私のほうに一歩、距離を詰めてきた速水くん。

「～～～っ」

もう、なんなの？　怒らないのね？

本当に、本当に怒らないんだよね⁉　約束破ったら、私も怒るからね‼

「私は速水くんとは違うから！　速水くん、なんかちょっと上から目線だし……っ、私だって、なんでも言葉にできるなら苦労してない！って思ったの！」

意を決して言った私に、速水くんは一瞬面食ったようだったけど、すぐにキュッと眉をひそめた。

やっぱり怒ってる⁉

「だ、だいたいね！」

どうせ怒られるのなら、さっきまで我慢していたことも言っちゃえ。

どうせ、速水くんとは今日が終わったら、またかかわりのない生活に戻るんだし。

そうだよ。何を怖がっていたんだろう。

速水くんに嫌われたところで、私、まったく問題ない。

「速水くんの言ってることが正しいのはわかるよ。でもね、正しいことだからこそ、傷つくの。もう少し優しく言ってくれたっていいじゃん……っ」

……そういえば。

この前、速水くんに『振られたことを言いふらしてもいい』って言われた時も、こんなふうに後先考えずに言い返した気がする。

他の誰にも、こんなふうに感情を素のままにぶつけたりしないのに。

自分で自分を不思議に思っていると、ふいに高い位置から低い声が聞こえてきた。

「上から目線で、優しくない、ね」

言葉の後ろについてきた、ふーん、というわざとらしい相槌。

「な、何っ⁉　やっぱり怒ってる？　で、でも、言いたいこと言えって速水くんが言ったんだからね！」

自分でもあんまり自覚はなかったんだけど、私、一度たがが外れると、なかなか戻せないみたい。情けないことに、どもりながらではあるけど、さっきまで謝ることしかできなかったのに強気な言葉が飛び出してきて、自分でもびっくりだ。

「いや、怒ってないし」

ふ、と口角を微かに上げた速水くんの顔が、なんだか思った以上に近くにあって、思わず呼吸が一拍遅れる。

「あんた、いつもそれくらい言葉にすればいいのに、って思っただけ」

……どうやら本当に怒っていないらしい速水くんはそう言うと、ぎゅ、と私の手を握る手に力を込めた。

「それに、ごめん。俺のほうが八つ当たりだった。晴山さんが頭の回転遅いのなんて知ってるんだから、今さらそんなとこ責めても仕方ないよな」

「……それ、本気で謝ってるの？」

自分の頭の回転が遅いことは、私だって重々承知してますけど。

そんな面と向かって言わなくてもいいと思う……！

不満に頬を膨らませたら、「本気だって」と笑われた。

「あのね、私のは本気なんだよ、ちゃんと。速水くんにはそう聞こえなかったかもしれないけど、本当にごめんなさい、って思ったの」

本心がなかなか言えないのは本当だけど、『ごめん』の言葉だって私の本心で。

逃げるためだけの方便なんかじゃない。

「……ていうか、どうしてこんなに私たち、距離近いの？」

少しずつ近づいてきていた速水くんに、私はついにその疑問を口に出した。

いつの間にか私の真上に速水くんの顔があるような距離まで縮められていたから。

さすがに、「近づいてきている気がするけど、私の気のせいかなー？」なんて思えなかった。

「ん？」

速水くんがそう言ったと同時に、ふいに私の手を掴んでいるのとは違うほうの速水くんの手が私の頬をかすめた。

さすがにびっくりして、思わず半歩、後ずさる。

だけど。

「っ！」

突然、視界がブレた。

それが速水くんに肩を掴まれ体を反転させられたせいだと気づくまで、だいぶ時間がかかったと思う。

目の前にあるのは、速水くんのきれいな顔。

背中に感じる壁の冷たさ。

そして、その壁に押しつけられるように掴まれた手首。

……な、何、この状況。

「……いきなりどうしたの？　手首、痛いよ」

今までにないくらい近い距離が恥ずかしくて、思わずパチパチと無駄に瞬きを繰り返してしまう。

速水くんがどうして私を壁に押しつけているのか、まったくわからないんだけど、それも私の頭が弱いせい？

「……」

私の疑問に答えないまま、速水くんは黙って私の目をまっすぐに見つめてくる。

「あの……？」

そんな速水くんに、私はただただ困惑することしかできなかった。

手首に込められた力は思った以上に強くて、振りほどくことができないことはすぐにわかったから、抵抗せずに速水くんの言葉を待つ。

「……」

「……」


どれくらいの時間がたったか、やがて速水くんは大きなため息と一緒に私の手首を解放してくれた。

「……はぁ。失敗か」

「なんだったの？　今の？」

掴まれていた手首をさすりながら、速水くんにそう尋ねると。

「練習してみた」

とさらりと返された。

「練習？」

「ん。物理的な距離を縮めてみたら、女子ってドキドキしてくれるもんなのかと思ったけど、そうでもないみたいだな」

うーん、と難しい顔をして腕を組む速水くんに、私は思わず笑ってしまった。

「なんだ、志賀先輩にする練習されてたの？　私？　別にいいけど、急にするのはやめようよ。私は真剣に話してたのに、急にそういうことされたらびっくりするでしょ？」

「はぁ。晴山さん、あまりにも動じてないから、ちょっとヘコむ。これでも精一杯誘惑したのに」

「ゆうわく……」

そんなことされてたんだ、私。全然気づかなかった。

「まさか晴山さんが誘惑返しをしてくるとは思ってなかったし」

「……へ？」

少し拗《す》ねたような顔で私を睨んでくるけど、意味、わからないんですけど。

誘惑返し、って何？

「……油断した。あんたも女だったね」

「何それっ⁉」

今日一日一緒にいて、やっと女の子認定されたの⁉

ここで⁉

ガーン、とヘコんでいると、フッと小さく笑った気配。

「今日のあんた、いつもより顔立ち甘くて女っぽく見えるんだよね。……そのワンピースが俺好みだからそう思うのかな」

――なんなの、この人。

一瞬、心臓が止まったかと思った。

「そ、そういうことこそ、志賀先輩に言ってあげたらいいと思うよ」

意味がわからない、という顔で私を見る速水くんに、私は心の中でため息をついた。

「そういうことって？」

速水くんって、やっぱりよくわからないよ……。

心臓が、まだ少しいつもより速く脈打っている。

速水くんのまっすぐな言葉は、いい意味でも悪い意味でも、すごく……。

すごく、心臓に悪い。

図書室の秘密

「あれ？　明李、どこに行くの？」

お昼休み。

私はいつも、羽依ちゃんと机を合わせて教室でお弁当を食べる。

マイボトル派だから、飲み物を買いに昼休みに教室を出ることもほとんどない。

そんな私がお弁当を広げる前に席を立ったことを不思議そうな顔で見てきた羽依ちゃんに、私はコクリと頷いた。

「いやいや、なんで頷かれるのかわかんないんだけど。今から戦に行きます、みたいな顔して、どうしたの？」

「戦！　羽依ちゃん、まさにその表現、ぴったりだよ」

「……明李。いったいどうしちゃったの？」

グッ、と胸の前で拳《こぶし》を作った私を、羽依ちゃんは怪訝そうな顔で見ていた。

「あのね、これから三年生の教室に行ってくるの。だから、ちょっと気合い入れてた！」

「……それってそんなに気合いが必要なこと？」

怪訝そうな表情を崩さないまま、羽依ちゃんはそう言って机の横にかかっていたランチバッグを机の上に置いた。

「まぁ、いいけど。じゃあ先に食べてるね」

「うん。行ってきます！」

いってらっしゃーい、という羽依ちゃんの声を背中に受け、私は教室を出た。

そして、階段を下っていく。

目指すは三年生の教室。

志賀先輩のところだ。

「あれ？　あなた、昨日の」

志賀先輩の教室にたどりつくと、運よくドアの近くに志賀先輩を発見して、声をかけた。

すると、志賀先輩は不思議そうな顔をして私のところまで駆け寄ってきてくれる。

制服姿の志賀先輩も、やっぱりきれいなまま。

きっと化粧なんてほとんどしていないのに、目鼻立ちのくっきりした整った顔立ちは、昨日と全然変わらない。

「どうしたの？」

首をかしげると、まっすぐな長い志賀先輩のきれいな黒髪が、さらりと揺れた。

「えっと」

「……あ。もしかして、私と遥斗のこと？　心配しなくても何もないから、大丈夫よ？」

安心して、とふわりと笑みを浮かべる志賀先輩に、胸がギュッと痛くなった。

昨日と同じ痛み。

速水くんの、痛み。

「……そうじゃないんです」

「え？」

ぽつりと呟くような私の言葉の意味を掴み損ねたようで、志賀先輩は戸惑ったように聞き返してきた。

「先輩が一番よく知ってますよね？　……速水くんの、好きな人」

意を決してそう言うと、志賀先輩の大きな目が驚きにさらに大きく見開かれる。

「私は、速水くんの彼女なんかじゃありません。ただの、友達です」

——ごめん、速水くん。

きっとキミが聞いたら、「晴山さんって俺の友達だったの？」とか冷たいことを言ってくるんだろうけど。

今だけ、友達ってことにしておいて。

やっぱりそれしか、私たちの関係を表す言葉が思いつかないんだよ。

「昨日は突然だったのでちゃんと言えなかったんですけど、やっぱりちゃんと言わなくちゃと思って……」

昨日、速水くんと別れたあとも、ずっと考えていた。

自分のことが情けなくて仕方なかった。

速水くんが感じただろう痛みが、どうしてか私のことも襲ってきたの。

いつもだったらきっと、仕方ないや、で終わらせていた。

私はどうせ、役立たずなんだって。肝心な時に何も言えなくて、動けなくて。何もできないくせに、何もできない自分に、一人前に後悔だけはできて。

そんな自分を、諦めてた。

それでもいいやって、思ってた。

だけど。

「速水くんは、簡単に心変わりするような人じゃありません」

『振られても、諦めない』

私の言葉を信じて、そう決めてくれた速水くん。

それなのに、私が諦めてどうするのって、思ったんだ。

私にもできることがあるのに、諦めたらダメだって、思ったんだ。どうしてかな。

速水くんの恋なのに、私も速水くんの恋のために頑張らなくちゃ、って思ったんだ。

「……遥斗と付き合ってない、って、それを言いに来たの？」

しばしの沈黙のあと、先輩は静かにそう言った。

「はい」

ちゃんと言いたいことが伝わったことへの安堵に息を吐いて、私は頷いた。よかった。

ちゃんと誤解、解けたみたい。

「そっか。……うん、わかった。そうよね、遥斗がそんな器用なことできるわけないもんね」

「器用なこと……？」

よく意味が掴めずに聞き返すと、志賀先輩は小さく笑って目を伏せながら首を横に振った。

「ううん、ごめんね、なんでもない。それにしても、遥斗に女の子の友達がいたなんて、知らなかった。私がこんなことを言うのもなんだかおかしいけど、……仲よくしてあげてね」

ふわりと浮かべた志賀先輩の笑顔は、私には絶対真似できないくらい整っていて、やっぱり非の打ちどころがないくらい、きれいだった。

「……ん？」

その日の放課後。

志賀先輩にきちんと言いたかったことが言えて、晴れやかな気分でいた私。

最後の授業のあとに、スマホがピコピコとメールの着信を知らせるランプを点《とも》していることに気がついた。

メールよりSNSで連絡を取る友達のほうが断然多い。

だからメールを送ってくる人なんて、ガラケーを使っている両親か、メルマガくらいのもの。

そのどちらかだろう、という軽い気持ちでメールボックスを開いたのだけど、そこに記された名前はどちらでもなくて。

あ、そういえばこの人もSNSしていないんだった、っていうかアドレス交換したんだった、という今さらな納得。

【放課後、図書室に来て】

……速水くんって、メールもそっけないんだ。

絵文字とか顔文字とか、なんにもない。

あー、でもたしかにあの人、余計なものって嫌いそうだもんなぁ。

ていうか私のスマホに速水くんからメールが届くって、なんか不思議。違和感。

なんて考えながら、私はスマホをポケットに突っ込んで、カバンにペンケースやらノートやらを詰め込み、立ち上がる。

すると、ちょうど隣では羽依ちゃんもリュックを背負って歩き出すところだった。

「明李も準備終わったとこ？　それなら途中まで一緒に行こっか！」

ニコッと笑ってそう言ってくれた羽依ちゃんに「ごめんね」と返すと、不思議そうな顔をされた。

「これから図書室に行かなくちゃならなくて」

野球部のマネージャーである羽依ちゃんがこれから向かうグラウンドと、私の目的地である図書室は、教室を出てそれぞれ反対方向にある。

「そっか。珍しいね？」

「うん、ちょっと用事があって」

私の言葉に羽依ちゃんは首をかしげて、しかしそれ以上は何も聞かずに「じゃあ、また明日」と元気よく教室を出ていった。

たぶん、のんびり会話をするような時間もないんだ。

練習前にもやることがたくさんあるんだ、っていつも授業が終わると超特急で教室を飛び出していくもの。

羽依ちゃんの後ろ姿をなんとなしに見送り、私もカバンを肩にかけて歩き出した。

……速水くん、なんの用だろう。

速水くんとかかわるのは、昨日が最後だと思ったのに。

また、お互いに顔を合わせることすらない毎日に戻るんだと思っていたのに。

「……昼休みのことかなぁ」

私としては、志賀先輩のところに行ったことは精一杯の誠意だったんだけど、呼び出される心当たりがあるとすれば、それくらい。

文句、言われるのかな。

余計なことするな、とか……。

さっきまでは不思議と感じていなかった、速水くんに会いに行くことへの憂鬱《ゆううつ》が顔を出してきた。

私の、悪い癖。

考えすぎちゃうところ。

「……速水くん？」

なんとか憂鬱を振り払って図書室に来た私は、ドアの近くでパラパラと本をめくっている速水くんの姿を見つけ、声をかけた。

ただ本を手にして立っているだけなのに、なんだかすごく絵になる。

一瞬、声をかけるのをためらってしまったほど。

もともと知的な顔立ちだし、実際成績は学年トップだしで、この静かな場所が誰よりも似合っているような気がした。

私の声に手元の本から視線を上げた速水くんは、持っていた本を本棚に戻した。

そしてゆっくり私のほうに向くと、「こっち」と囁《ささや》きとも言える微かな声で言って、図書室の奥のほうへと歩き出す。

放課後の図書室は、勉強する生徒たちでそれなりに席が埋まっていた。

シン、と静寂が満ちる部屋に響く、微かな衣擦《きぬず》れや、ペン先がノートを引っ掻《か》く音。

どれもいつもは気にも留めないものなのに、この部屋の中ではやけに存在感を放っていた。

「……どこに行くの?」

奥へ奥へと進んでいく速水くん。

空いている席もあるのに、それには一瞥《いちべつ》もくれずに進んでいく。

私の疑問にも答えてくれないまま、しかしやがて彼は足を止めた。

――ガチャ、という微かな音とともに。

図書室の、入り口から一番離れた壁際。

近くにいくらか机やイスは置いてあるけれど、そこで勉強している生徒は誰もいなかった。

そりゃあ、よっぽど混雑していない限り、わざわざこんな奥まで来ないよね……。

「晴山さんって、こんな短時間も黙ってられないわけ」

そんな図書室の奥には、目立たないドアがあって。それをくぐり抜けてドアを閉めると、速水くんはため息交じりにそう言って私を見る。

「だって。……ていうか、ここって」

反射的にぐるりとまわりに視線を巡らせる。

図書室より少し薄暗い視界。

そこにあるのは、上へと伸びる細い階段だけだった。

……図書室からこんな場所に出られるなんて、知らなかった。

「あー、うん。ここ上るよ」

私の言葉に頷いて、速水くんはその幅の狭い階段を上がっていく。

再び速水くんの後ろをついていくことになった私だけど、今度はすぐに隣に並ぶことができた。

……すぐに、もうひとつのドアが現れ、その先にあったのは、今度は狭い階段なんかじゃなくて。

どこまでも広い、青空だった。

キィ、と背後で掠《かす》れた音を立ててドアが閉まる。

「ここ、屋上⁉」

視界が開けてすぐ、私は考えるより先にそう声を上げていた。

私の学校は勝手に屋上へは出られないことになっていて、そもそも屋上に出る方法さえ知らなかったから、この場所に来るのは初めてだ。

四階建ての校舎の一番上。

そこは想像していた以上にずっと、空に近かった。

ざあっ、と流れてきた風が私たちの体に冷たさを押しつけていく。

風のせいでふわりと揺れた髪を片方の手のひらで押さえて、私は大きく息を吸った。

屋根と壁で守られた校舎内では感じられない解放感に、そうせずにはいられなかったんだ。

しばらくの間、気持ちのいい風に当たり、空を眺めていた私だけど、そういえば、と思い至って速水くんのほうに視線を滑らせた。

「速水くん、どうして屋上なんかに来たの？　図書館から上がれるなんて、私知らなかったよ」

きっと私だけじゃなくて、普通の生徒は知らないことだ。

なんとなく、速水くんがここへ来る方法を知っていたのは、生徒会関係なのかな、と思った。

隠されたように佇《たたず》む、図書室から屋上へと続く扉。

あんまり知られないほうがいいこと、なんじゃないのかな。

理由もなく、そう思う。

どうして私をここに連れてきたんだろう。

「……あんた、昼休みに陽のところへ行ったんだって?」

「え」

私をまっすぐに捉えた視線。

だけど速水くんにしては珍しく、言葉の前に微かなためらいが含まれていたような気がした。

想像はしていたけど、呼び出された理由、やっぱり昼休みのことだったんだ。

でも、怒られるような雰囲気ではない。

そもそも、昼休みのことと屋上に連れてこられたことに、いったいどんな関係があるんだろう。

「陽の中では、あんたが俺に片想いしてることになってたけど、いったいどんな説明したわけ？」

「……え？」

速水くんに片想い？

……私が⁉

「なんで⁉」

「知らないよ。陽いわく、あんたは俺に恋心を寄せながらも自分の気持ちを押し殺して俺の片想いを応援してるんだってさ」

「そんなわけないじゃん！」

なんで？

ちゃんと伝わったと思ったのに。

どうしてそんな解釈されちゃってるの⁉

「あんたの語彙《ごい》力じゃ上手く伝えられなかったってこと。せっかく勇気出して陽のとこに行ったのに、残念だったね」

フッと小さく笑った速水くん。

いったい何に対して笑みを浮かべているのかわからない。

今、笑うとこじゃないですけどっ！

あーあ。

やっぱり私ってダメダメなんだ。

私にしては結構頑張ったのに。

頑張って行動したつもりだったのに。

私が速水くんのことを好きだなんて、そんなふうに思われちゃう要素、あった？

私はただ、速水くんはまだちゃんと志賀先輩のことが好きなんだって、それだけを伝えられればよかったのに。

「……」

ひとりぐるぐると思考を巡らせて、だけど私はそこでふと首をかしげた。

……ん？

ちょっと待って。

「……なんだ！　ちょっとおかしな尾ひれはついちゃったけど、言いたいことはちゃんと伝わってるじゃんっ‼」

私が速水くんを好きだと思われていたとして、それはとくに重要なことじゃない。

今大事なのは、速水くんのことだもん。

「なんだなんだ、よかった〜！」

頑張った甲斐《かい》、あったよ！

「ホラ、速水くん！　たしかに私、速水くんと比べたら全然語彙力足りてないかもしれないけど。それでも速水くんの気持ち、ちゃんとわかってもらえたよ。ね、私もたまには役に立つでしょ⁉」

エヘへ、と笑うと、速水くんは面食らったような顔をしていた。

あれ、なんか速水くん、固まっちゃってる。

私、何か変なこと言ったかな。

「……はっ、そうだね、役に立つなんて調子乗りすぎだね⁉　ごめ……」

「ぷっ」

「……ぷ？」

ごめんなさい、と謝ろうとしたのに割り込んできた声を思わず反芻《はんすう》してしまった。

え？　今、速水くん、噴き出した？

……え、噴き出したの⁉

あの速水くんが⁉

あまりに信じられなくて、心の中で二度驚いた。

「あははは」

「⁉」

しかも、今度は声を出して笑っている……。

速水くんが。あの、速水くんが。

人を小バカにしたように、フッと息を抜くような笑みを浮かべることはあっても、声を上げておかしそうに笑う速水くんなんて、見たこと、ない。

間違いなく、今年一番の珍事件だ。

「明日、いったい何が降ってくるんだろう……」

季節外れの雪が降るより、どうせならおいしいお菓子でも降ってきてくれたらうれしい。

なんてどうしようもないことを呟いて視線を逸らしていないと、この非常事態をとてもじゃないけど受け入れることができない。

何がツボにはまったのかは知らないが、あははと軽やかな笑い声をこぼし続ける速水くんに、私は呆然として、彼のその笑いの発作が治まるまで待つしかなかった。

何がそんなにおかしいのか、全然わからない！

せめて説明してから笑ってよ。

状況に置いていかれてる感が半端ない！

「はー、あんた、おかしいんじゃない？」

ひとしきり笑って気が済んだらしい速水くんの第一声。

「はい!?」

あんた、おかしいんじゃない？……って、そんなこと言われる筋合いないと思うんですけど！

「……俺のこと、嫌いなんじゃなかった？」

「え」

……バレてましたか……。

速水くんのことが苦手なこと。

上手く隠せているつもりはしていなかったけど、それでも私なりに隠しているつもりではあった。

だから、こうして当然のことのように言葉にされるほどバレバレだったとは思わなくて。

なんだか申し訳ない気持ちになって、私は思わず俯いた。

だけど、そんな私の心情さえも速水くんにはバレバレだったようで。

「あ、別に傷ついたりしてないから。陽以外の女子からの評価とかどうでもいいっていうか」

こちらの気が抜けてしまうくらいあっさりと、速水くんはそう言い放った。

「……それはそれは、よかったです」

傷つけちゃったかな、なんて思った私がバカでした。

そうだね、誰かに嫌われることに傷つくような人じゃなかったね。

忘れてたよ。

「自分が嫌いなヤツに片想いしてるなんて思われるの、あんたみたいなタイプはすごく嫌がるんじゃないかと思ってたんだけど」

私の不機嫌は無視して、速水くんは言葉を続ける。

「一年一緒のクラスにいて、わかってた気になってたのかな、あんたのこと。すげーつまんないヤツだって」

「すいませんね、つまんないヤツで」

なんなの！

さっきから、いつにも増して速水くんが失礼な気がする！

心の中の不機嫌を抑えることができずに思わず頬を膨らませ、ふんっと顔を背けた。

それがすごく子どもじみた仕草だって気づいても、もう遅い。

案の定、それは速水くんへの威嚇になるどころか、もう一度笑われてしまっただけだった。

「だから、わかった気になってたんだって。今はそんなふうに思ってないってこと。さてはあんた、現国の点数も悪いだろ?」

「現国はまだマシだもん！」

……マシ、って。
入学以来学年一位の絶対王者に立ち向かうには、攻撃力はゼロに等しいけど……。
あー、もう、ほら。
また笑われちゃってる！
速水くんも速水くんだ。
いったい今日はどうしちゃったの？
いつもならポーカーフェイスで「なに言ってんの、あんた」で片づけるのに。
それなのに、今日はどうしてそんなに笑うの？
私、全然ついていけないよ。
「俺のことを好きだって、陽に誤解されたままでいいの？」
「えっ、ていうか、なんで速水くん、誤解解いてくれなかったの？」
私よりよっぽど頭がいい速水くん。
バカにして笑うくらいだもん、私よりよっぽど語彙力も豊富でしょ。
私にはできなくても、速水くんならちゃんと本当のことを誤解なく伝えられたはず。
速水くんは志賀先輩のことが好きなんだって。
私の恋愛感情なんて、これっぽっちも絡んじゃいないんだって。
ちゃんと、伝えられたはずでしょ？

それなのにどうして、志賀先輩の誤解をそのままにしておいたの？

「……面倒くさかったから？」

「何それ!?」

意味わかんないよ！

「私はいいよ、誤解されてたって。とくに困ることはないもん。私と速水くんが付き合ってなんかないって信じてもらえたなら、それでいい。志賀先輩がどうしてそんなふうに誤解しちゃったのかはわからないけど、その誤解が速水くんにとって不都合にならないなら、私にとっては大した問題じゃないよ」

勢いのままにそう言うと、速水くんは小さく、また笑う。

「……いつの間にあんた、そんなに献身的になっちゃったわけ」

「献身的、って。そこまでのことじゃないよ」

別に、速水くんのために尽くそうとか、そこまでの気持ちはない。

でも、私のせいで速水くんが傷ついたのはたしかだから、そのお詫《わ》びというか、なんというか。

私にできることがあるならやらなくちゃ、って思っただけだし、それに……。

「見返してやりたいって気持ちもあったから」

「見返す？」

私の言葉を測りかねたように、速水くんが首をかしげて聞き返してきた。

「うん。速水くん、ずっと私のことをバカにしてたでしょ？」

「バカになんてしてないけど」

「してたよ！　頭の回転遅いとか言われたもん！」

「俺、そんなこと言ったっけ？」

忘れたふりなのか、はたして本当に記憶にないのか、速水くんはしれっと言い返してくる。

ひどいなぁ、もう！

「……まぁ、じゃあ、成功したんじゃない、あんたの作戦」

「え？」

「あんたの頭の回転が遅いのは変わらないと今でも思うけどさ」

ぜ、全然見直してくれてない！

速水くんの私への認識、全然変わってないよ！

それなのに成功、なんて、いったいどうしてそんなことを言うの？

そう思って、私は不満げな表情を浮かべた。

「……あんた、さっきどうしてここに連れてきたのか、って聞いたよな」

「え？　うん」

いきなり話が変わったような気がして、私は少し驚きつつも頷いた。
「……これ、ご褒美のつもり、なんだけど」
「ご褒美……？」
意味がわからずにいると、速水くんは「だから」と嘆息する。
「……見返したいって気持ちがあったとは知らなかったけど、でも俺のためにわざわ
ざ陽のところまで行ってくれたんだろ？　だから、あんたにしては頑張ったな、と
思って」
言い終わると、速水くんはふいっと視線を逸らしてしまった。
えーっと。
見返す作戦が成功、だなんて言ったのは、私の頭の回転速度までは彼の認識を改め
ることはできなかったけれど、私の頑張りは認めてもらえたっていうこと？
速水くんはそのご褒美として、屋上まで連れてきてくれた、ってことだよね？
……それって。
「ふふ」
速水くん、私が喜びそうなことが何かって、考えてくれたってことだよね。
それって、なんだか不思議なくらい、くすぐったくて、うれしい。
思わずこぼれてしまった笑い声に、速水くんは不機嫌そうに私を見た。

「なに笑ってんの？」

「だって。……ありがとう、速水くん。私、学校の屋上って、一度上がってみたかったんだ」

笑顔でそう言う。

速水くんは冷たいだけの人だって、ずっとそう思っていて。

こんなに優しいところもあるなんて、クラスメイトだった時には、まったく気づかなかった。

速水くんからこんなふうに自然に笑顔を向けられるようになるなんて、思ってもなかったよ。

どうしてか速水くんは私が笑ったことに面食らったような表情をしていたけど、すぐに視線を逸らしてしまった。

「……あ、そ。気に入ったならよかったよ」

速水くんはそう言うと、屋上の端のほうまで歩いていって、カシャン、とフェンスに腕を乗せた。

私もそれに従うように隣に並ぶ。

沈み始めた太陽が茜色の光を溢《あふ》れさせて、私たちを照らしていた。

ちら、と盗み見た速水くんの横顔は、やっぱりとてもきれい。

涼しげな雰囲気を持った、その整いすぎた顔立ちは、私にとっては冷たさを助長させる原因でしかなかったけれど。

不思議と今は、速水くんのことを冷たいとは思わなかった。

怖いとも、思わなかった。

それは夕陽《ゆうひ》の色の暖かさがそう見せているのかもしれない。

昨日一緒にいて、今まで知らなかった速水くんの一面を垣間《かいま》見たせいかもしれないし、今もらった、不器用なご褒美がうれしかったせいかもしれない。

「……志賀先輩、誕生日プレゼント喜んでくれるといいね」

そんなことを呟くと、速水くんは思い出したように「あ」と声を上げた。

「どうかした？」

不思議に思ってそう声をかけると、速水くんは私を見て、なんだか言いづらそうに口を開いた。

「そのこと、なんだけど」

「？」

「今週の土曜日、あんた、空いてる？」

「土曜日？……とくに予定はないけど、どうして？」

志賀先輩の誕生日プレゼントと私の土曜日の予定と、いったいなんの関係があるの？

「今週の土曜日、陽の誕生日会があるんだけど」

「うん」

「陽が、あんたも連れてこいって」

私が？

志賀先輩の、誕生日会に？

「……え？」

「あんたのこと、気に入ったらしいよ」

気に入っ……!?

「え、えええ!?　遠慮しとくよ！　だってそれ、生徒会で集まってパーティーするって言ってたやつでしょ？　私が行っても迷惑になるだけだよ！」

生徒会のメンバーの中でちゃんと話したことがある人って、確実に速水くんだけだし……！

「俺もやめとけって言ったんだけど、陽がどうしても、って聞かないんだよ。生徒会のメンバーも面白がって連れてこいってうるさいし。俺に女友達、ってのが珍しかったらしくてさ」

速水くんの女友達、なんていう認識を得ているのが自分だなんて、すごくすごく違和感。

「無理してまで来なくてもいいとは思うけど、行かないっていう返事を陽に伝えたら、陽のほうからも直接話が行くと思うよ。あいつ、一度決めたらしつこいから」

「……私、志賀先輩に直接お願いされたら断れない自信があるよ……」

「それなら初めから行くって言っとけば？」

平然と言う速水くんを、少し意外に感じてしまった。

私なんかが生徒会の集まりに参加することに、速水くん自身は抵抗とか感じないのだろうか。

「えーっと、速水くんは、それでいいの？　私、速水くんの友達ってことで認識されちゃうよ？」

志賀先輩と比べてなんのとりえもない私が速水くんの友達代表でいいのだろうか。

そんな心配をして尋ねると、速水くんは呆れた顔をして私を見た。

「……あんたは本当にどうしようもないね」

「え⁉」

「俺があんたを誘うことが嫌だと思ってるなら、そもそもあんたまで話を回さない。あいつ陽たちがどれだけあんたに来てほしいって思ってたとしても、俺が拒んでる。あいつらにやめとけ、って言ったのは、あんたが進んで来たいと思わないことがわかってたからだよ」

そんなこともわかんないの、とでも言いたげな表情の速水くんだけど。

私のことを気づかって一度は断ってくれていたんだと思うと、なんだか少し、うれしくて。

「……せっかく誘ってもらったんだし、行ってみる」

「そ。じゃあ陽にはそう言っとくよ」

あっさりと私の返事を受け入れた速水くんに、私はぺこりと小さく頭を下げた。

「お願いします」

「詳しいこと決まったら伝えるから」

「はーい」

私たちを照らす夕焼けは、いつの間にか夜の空気に変わり始めていて、さっきよりも吹く風にひんやりとした冷たさが含まれ始めていたけれど。

どうしてか、今はそんな冷たささえも心地よく感じた。

第二話
憧れの人。

ブルーのリボン

～side遥斗～


「遅い」

俺の少し強い口調に、晴山さんはしゅん、と肩を落とした。

「ごめんなさい……」

時計の針は、午後三時十分を指している。

待ち合わせは三時ちょうどだったから、晴山さんの十分の遅刻。

登校日ではないので、お互いに見慣れない私服姿だ。

今日の晴山さんは秋らしいチェック柄のワンピースにカーディガンを羽織っていた。

履いているブラウンのショートブーツのヒールの高さのせいだろう、いつもより視線が近く感じる。

……この前、陽の誕生日プレゼント選びに付き合ってもらった時も思ったけど。

晴山さんって、制服よりも私服のほうが少しだけ大人びて見えるような気がする。

「迷っちゃって」

「……あんた、じつは方向音痴でしょ」

駅の真ん前。

こんなにわかりやすい待ち合わせ場所、ない。

人が多いから、なかなか待ち合わせ相手を見つけ出せないならともかく、迷うなんてありえない。

と思いつつ、晴山さんならやりかねない、とも思ってしまった。

どこか抜けている彼女のことだから、遅刻の理由として、寝坊したという選択肢もなくはない。

でもなんとなく、彼女はたとえ待ち合わせに間に合う時間に家を出ても、迷ったとか降りる駅を間違えたとか、考えられないような理由で遅れそうな気がした。

そういえばこの前、俺が陽の誕生日プレゼントを選ぶために付き合ってもらった時も、晴山さんは時間どおりには現れなかった覚えがある。

「まぁ、いいや。行くよ。どのへん見たいの？」

「えっと、速水くんはどんなのがいいと思う？　私、先輩のことよく知らないから」

歩き出した俺のほうに駆け寄ってきて、隣に並んで歩き出した晴山さん。

今日は夕方から、陽の誕生日会がある。

晴山さんは急遽《きゅうきょ》来ることになったので、当日プレゼントを買いにいくことにしたのだ。

それに、俺も付き合ってるというわけ。

晴山さんの参加の理由は完全に陽や生徒会メンバーのわがままだから、手ぶらでいいんじゃないかって言ったんだけど、彼女は全力で否定してきた。

『せっかく誘ってもらったんだもん、私にもプレゼント渡させて』って。

もともと、会場である陽の家に案内するために晴山さんとは待ち合わせてから行こうと思っていたし、俺のプレゼント選びにも付き合ってもらったし、ということで、気がついたら自分から申し出ていた。

陽のプレゼント選びに付き合う、と。


「あ、これかわいい！……でも志賀先輩はこういうのつけないよね」

いくつか雑貨屋を回った俺と晴山さんは、今はカジュアルなアクセサリーショップにいる。

比較的手ごろな値段のネックレスやピアス、シュシュといった商品がきれいに棚に並べられていた。

思わず、といった様子で手に取ったリボンの髪飾りを、晴山さんはカタン、と音を立てて棚に戻す。

薄いブルーの柔らかそうな布地で作られたそれは、たしかに陽っぽいかと聞かれれば頷きがたい。

陽は、背中の中ほどまである、まっすぐな黒髪。

結わずにおろしているか、飾りのついていないシュシュや茶や紺のゴムでひとつにまとめているか、どちらかだ。

晴山さんが手に取ったものは、どちらかといえば彼女自身の雰囲気に合っているもののように見える。

陽とは違う、ふわりと空気を含んだようなブラウンのミディアムヘア。

比較的甘めな顔立ちもあって、女子らしい女子、という印象。

こういうかわいらしい雰囲気のものは、陽より彼女のほうがきっと似合う。

「気に入ったなら晴山さんが買ったら？」

晴山さんが離したリボンを手に取って、そう聞いてみる。

けれど彼女は困ったように笑った。

「ううん、私、不器用だからそういうの上手くつけられないんだ。かわいいから思わず買っちゃったりするんだけど、全然使いこなせなくて」

「ふーん」

見たところ単純そうな作りだけど、と思ってそのリボンを眺めていると、ふと『バナナクリップのかわいい留め方』という文字が目に入った。

ヘアアクセサリーの棚に置いてあった、写真つきでヘアアレンジがいくつか紹介されているフリーペーパーだ。

「見たところ、単純な作りしてるけど」

フリーペーパーに載っているヘアアレンジ方法も、簡単そうに見える。

「私もそう思って買ってみたんだよ。でも上手くまとまらないんだもん、私がやると。ていうかヘアアレンジ全般苦手なの」

不満そうな晴山さんのセリフ。

なるほど、それで彼女はいつも髪をおろしているのか。

……でも、もったいないな。ポニーテールとか、似合いそうなのに。

もうすでに別のヘアアクセサリーの品定めを始めた晴山さんを眺めながら、ぼんやりとそう思った。

不器用なのは仕方ない。

でも、何もしないうちから諦めないで、練習すればきっと——。

「……えっ？　ちょ、ちょっと、速水くん？」

晴山さんの声で、我に返った。

すぐ隣で、晴山さんが驚いたような顔をして俺のことを見上げている。

……ん？　なんかぼーっとして、それで。

「！」

目に入ったのは、自分の指先。

あろうことか、弄《もてあそ》ぶように晴山さんの髪を指先に絡ませていた。

え……。いや、意味がわからないんだけど。

何してんの？　俺。

「ど、どどどうして髪……」

自分の無意識の行動に俺も少なからず混乱していたけど、それ以上に今の状況をのみ込めずにいるのは晴山さんだったようだ。

見事に顔を赤くして、言葉を継げずにいる。

そんなウブな反応に、不思議なことに一瞬にして俺の中の混乱は飛んでいった。

「……ちょっと、じっとしてて」

前から、思っていたけど。

晴山さんって引っ込み思案なところがあるくせに、気持ちがすごく顔に出やすい。

だから、彼女が思っていることと、言葉にしていることに差があることに気づけるんだと思う。

そんな表情豊かな晴山さんを見ていると、たまに、意地悪を言いたくなるんだ。

言葉にしても仕方ないことを言ってみたり、冷たく当たってしまったり。

今も、そうだ。

思わず誰かに触れてしまったことなんて、生まれてこのかた経験がない。

もし相手が陽だったら、俺のほうがからかわれているだろう。

陽の場合、少なくとも晴山さんみたいに驚いて顔を赤くさせる、なんていうウブな反応は絶対にしない。

「……見たとおりの髪質してるんだね」

「み、見たとおり?」

「柔らかそうだなーって思ってたから」

ふわ、と彼女の髪にもう片方の手も伸ばした。

それに対して彼女は驚いたようではあったけれど、嫌がる様子はない。

「そう、ですか」

「うん」

頷いて、触れた髪をひとつにまとめた。

片手に束ねた髪を持って、正面から彼女の覗き込んでみる。

「……」

いつもは、ふわふわの髪が顔の輪郭を縁取っているから。

首元を隠しているから。

髪を上げた晴山さんは、がらりと印象が変わった。

「あの、速水くん。何してるの？」

「……あ、ごめん」

気づいたら、必要以上に長い間、彼女の顔を眺めてしまっていた。

パッ、と髪から手を離すと、彼女の髪がふわっと広がった。

不思議そうな顔を浮かべて晴山さんは手櫛《ぐし》で簡単に髪を整えると、「速水くんの行動って、本当に予測不能だよ」としみじみといった様子で呟く。

そしてふいにポケットからスマホを取り出して、一度サイドボタンを押したのが見えた。

時間を確認したらしい晴山さんは、少し困ったような顔になって、しかしすぐにぱっと顔を上げる。

……たぶん、もうそろそろ陽の家に向かわなければならない時間であることに焦ったんだろう。

でも、顔を上げた彼女はどこか晴れやかな顔をしていた。

いいアイデアでも思いついたのか。

「アクセサリー系は諦めることにする。……下の階においしいクッキー屋さん、あったよね。志賀先輩は甘いものは好きかな？」

「……あいつ、好き嫌いはないよ」

どうやら、思いついたのはクッキーだったらしい。

……本当にわかりやすいな。

俺の返事を聞いた晴山さんは、ニコッと笑って頷いた。

「そっか、よかった！　じゃあ、クッキーにする！」

「晴山さん」

あそこのクッキー、好きなんだよね、とご機嫌に歩き出した晴山さんの後ろ姿に呼びかけると、彼女は振り返って首をかしげた。

「悪いけど、俺も買いたいものがあったのを思い出した。お互い買い物が終わったら、正面入り口で落ち合おう」

「うん、わかった！」

にっこり笑いながら晴山さんは再びくるりと俺に背を向けると、エスカレーターに向かっていった。

「……」

彼女の姿が見えなくなってから、小さく息を吐き出す。

そして俺も、彼女が向かっていった方向にくるりと背中を向けた。

Happy Birthday

～side遥斗～

「わああ、何これ、お城⁉」

「そんなわけないでしょ」

無事、陽の誕生日プレゼント選びを終えた俺と晴山さんは、陽の家についたところで、目の前の家が目的地だとわかると、晴山さんは素《す》っ頓狂《とんきょう》な声を上げた。

たしかに俺も初めて陽の家に来た時には、あまりの大きさに驚いたし、一緒にいた生徒会メンバーもそれは同様だったけど。

晴山さんほどの反応をした人はいなかった。

うん、さすが、晴山さんだ。

目の前にあるのは、家というよりお屋敷という言葉が似合う、西洋風の外観をした広い庭つきの豪邸。

立派な門の横についたインターホンを鳴らすと、「いらっしゃーい、入って！」という陽の元気な声が響いた。

キィ、と微かに軋《きし》んだ音を立てて門を開ける。

植物の鮮やかさを脇目にまっすぐドアまで進むと、俺がそれを開けるよりも先に内側からドアが開いた。

「いらっしゃい！　来てくれてありがとう」

ドアを全開にして、にっこりと怖いくらいとびきりの笑顔で出迎えてきたのは、陽と生徒会メンバー。

このテンションからすると、どうやら俺と晴山さんの到着が最後のようだ。

「あなたが噂《うわさ》の速水の友達⁉　やだ、普通にかわいい！」

「全員揃ったし、早くケーキ食べよー！」

わいわいと賑やかなメンバーに囲まれて、なんとかリビングまでたどりつく。

おそらく俺と晴山さん以外のメンバーによるものだろう、部屋の中は手作り感溢れるカラフルな飾りつけがなされていた。

テーブルの上にはすでにたくさんの料理が並んでいて、食欲をそそる香りがする。

「はーい、みんな、席についてー、注目！」

陽が声をかけると、メンバーがそれぞれイスに腰かける。

陽の声に、彼女と、そしてその隣に立っている晴山さんのもとに、みんなの視線が一斉に集まっていた。

ついさっきまで俺の隣にいたはずの晴山さん。

いったい、いつの間に陽に連れ去られていたんだ。

そう思いながらも、大人しく余っていたイスに腰かける。

俺が座ったことを確認した陽がにっこり笑い、そして一度、ぐるりと楕円形のテーブルに座ったみんなの顔を見回した。

「よーし、全員揃ったね！　みんな、今日はたくさん食べて、たくさん楽しんでいってね！　誕生日なんてただの口実で、ただみんなで集まって騒ぎたかったっていうのが本音だから！」

「なに言ってんの！　主役は陽でしょー！　誕生日おめでとう──‼」

陽の言葉に反応したメンバーのひとりが声を上げれば、他のメンバーからも「おめでとう」の大合唱。

うれしそうに「ありがとう！」と笑った陽の隣で、晴山さんは戸惑いながらも「おめでとうございます」と緊張気味に微笑み、陽に向かって小さく頭を下げていた。

「晴山さんも、ありがとう！　あ、みんな！　今日はなんと、遥斗のお友達もお招きしちゃったから！　ね、遥斗！」

「……なんで俺に振るわけ？」

俺に向かってうれしそうな笑みを向けてきた陽に、呆れた声を返す。

「もう、つれないなぁ～。晴山さん、一応自己紹介お願いしてもいい？」

「えっ、あ、はいっ！　は、初めまして、晴山明李といいます。今日は呼んでいただいてありがとうございます。よろしくお願いしますっ」

ぺこり、とみんなに向かって頭を下げた晴山さんに、パチパチと拍手が起こる。

挨拶は緊張したような声色の晴山さんだったけど、温かく迎え入れるメンバーの雰囲気に安心したように、その拍手に応《こた》えてふわりと笑った。

ケーキに刺さったろうそくに火をつけて、ハッピーバースデーの歌を歌い、陽は灯った炎を見事にすべて吹き消して。

そして本格的にパーティーが始まると、陽に促されて食べ物を自分の皿に取り分けていた晴山さんは、ひと口、その料理を口に運んだ瞬間、ぱぁっと表情を輝かせた。

……相当うまいんだな。

あまりにもわかりやすい反応に、思わず笑ってしまった。

生徒会メンバーは、基本的にみんなフレンドリーだ。

たぶん、俺を除いた全員が、まわりからはそういう印象を持たれているだろう。

初対面だからといって臆することなんてない。

みんな遠慮なく話しかけるものだから、初めは少し驚いた様子だった晴山さんも、だんだんその空気になじむように表情を和らげていた。

……大丈夫、みたいだな。

そんな思いとともに、フッと心が軽くなった。

自分でも自覚しないうちに、彼女が初対面の面々に囲まれて嫌な思いをしないかと案じていたのだと、その時に初めて気づく。

生徒会のメンバーが晴山さんに危害を加えるとは微塵《みじん》も思っていないけど。

晴山さんのほうが、慣れないメンツばかりの状況をストレスに感じるのではないかと思ったんだ。

……って、ちょっと待て。

なんで当たり前みたいに晴山さんの心配してんの？

俺ってこんなに心配症だった？

晴山さんだって子どもじゃないんだから、多少嫌なことがあっても自分でどうにかできるでしょ。

ていうか、対人関係については俺なんかよりよっぽど上手くやれるはずだ。

それなのに、なんでこんなに心配してるわけ。

「……」

晴山さんのほうに視線を向けると、偶然にも彼女もこちらを見ていたようで、バチッと視線がぶつかった。

すぐに俺のほうから目を逸らしたから、目が合ったのは本当に一瞬。

「……はぁ」

「なんだ、どうした？　晴山さんと席が離れて寂しいのか？」

思わず吐き出したため息に、隣に座っていた西城《さいじょう》がニヤニヤしながら言ってくる。

ため息ひとつでどうしてそう捉えられるのか、意味がわからないんだけど。

「そんなんじゃない」

「へー？」

否定しても、西城はニヤニヤと気持ち悪い表情をやめない。

「……疑ってんの？」

眉をひそめてそう聞けば、「別に？」と相変わらずのニヤニヤ顔。

……いい加減、イラついてきた。

さっきついたため息が、寂しいという西城の想像とは違っても、晴山さん関係だったことには間違いないから、余計に。

俺が晴山さんのことを見ていたのは、俺のせいでここに来ることになった手前、ちゃんと面倒を見なくちゃいけないと思ったからだ。

それに晴山さんは、なんだか危なっかしいから、しっかり見ていないとダメなんじゃないかって、思わせられる。

……って、だから。

心配しすぎなんだって。

人の心配ばかりしているなんて、我ながら自分らしくないだろ。

意味のわからない思考を振り払うように黙々と食べ物を口に運んでいると、ふいに肩を叩かれた。

「遥斗」

呼ばれて顔を上げれば陽がいて、ちょいちょいと手招きしている。

「ちょっと手伝ってほしいんだけど」

「……何？」

立ち上がって、リビングを出た陽のあとに続いた。

リビングのドアを閉めると、陽は俺のほうを見て、両手を差し出してきた。

「？」

見ると、陽の手のひらにはかわいらしい髪飾りが載っていた。

ちょうど、晴山さんと買い物をした店にあったようなヘアアクセサリー。

陽の手のひらの上のそれは、水色でもリボンの形でもなかったけど、髪を上げた晴山さんのことを思わず思い出してしまって、慌てて思考を切り替えた。

「……これが、どうかした？」

へアクセサリーから陽の顔に視線を移すと、陽は困ったように笑っていた。

「これ、さっきプレゼントに、って結奈《ゆな》からもらったの。せっかくだからつけたいんだけど、私、すっごく不器用で……。こういうの上手くつけられないのよ」

……さっきも誰かが似たようなセリフを言っていたように思うのは、俺の気のせいだろうか。

何、女子って案外不器用な人が多いわけ？

「で？」

何を手伝えと言われているのか。

半ば予想がつきながらも、陽の言葉の続きを促すと。

「遥斗、無駄に手先器用だったよね。……これ、つけてほしいの！」

見事、予想どおりの言葉が返ってきて、俺はため息交じりに彼女から髪飾りを受け取ったのだった。

こういうのは女子に頼めばいいのに、と思わなくもないが、生徒会メンバーのうち、女子は陽と、そしてこの髪飾りをプレゼントした梶原《かじわら》結奈先輩のふたりだけ。

陽としては、梶原先輩にはつけたところを見せたいのだろうから、仕方ない。

……相変わらず、いい性格してるとは思うけど。

平たく言えば、なんて無神経なヤツなんだ、って。

俺が告白したことなんて、もうすっかり忘れているんじゃないのかと思えるほどに。

「よかった～！　じゃあ、よろしくね」

くるり、と俺に背中を向けた陽の髪に手を触れた瞬間。

その癖のないサラサラとしたまっすぐな髪とは違う、柔らかい猫毛を思い出して、一瞬手が止まったけれど。

どうしてこんなにも、さっきの感触が残っているのかは考えないことにした。

「あのさ、遥斗」

「……何？」

渡された櫛《くし》で梳《と》きながら髪をまとめている途中、呼びかけられて答えると、陽は少し間を置いてから再び口を開いた。

「……晴山さんのこと、連れてきてくれてありがとうね！　少し話しただけでも、すごくいい子だってわかるよ」

「陽が連れてこいって言ったんだろ？」

陽の言葉の前に空いた少しの間で、今、彼女が口にした言葉は本当に言いたかったこととは違うことなんだとわかったけど。

それには気づかないふりをして、言葉を返した。

……きっと今、陽は俺に謝ろうとした。

なんとなくそう思ったから。

「できた」

そう言うと、陽はくるりと俺のほうに体を向けた。

「すごい、あっという間！　遥斗、ありがとね」

手鏡で出来栄えを確認した陽は、そう言ってにっこり笑った。

いつも、思うけど。

無駄のない整った顔立ちは、柔らかい女性らしさというよりは、強く凛々しい印象が先立つ。

陽が髪を結うと、なおさらそれが際立つような気がした。

「さっそく結奈に見せてくる！」

どうやら出来には満足してもらえたらしい。

陽は上機嫌でリビングに戻っていった。

背中で揺れる癖のない黒髪をなんとなしに眺めつつ、俺もリビングに戻り、食べかけだったケーキを食べようと、さっきと同じイスに座る。

「わああ、陽、それつけてくれたの⁉　似合う～！」

「えへへ、結奈、ありがとう！」

きゃあきゃあと聞こえてくる賑やかな声に、ふう、と思わずひとつ息を吐いた。

俺と一緒にいる時は、陽はあくまで上級生としての態度を崩そうとしない。

それは俺と一緒にいる時に限ったことではなくて、生徒会メンバーの下級生に対しては誰にでも等しくそういう態度をとる。

そのことに対して不満なんか持ったことはないけど、たった一年の年の差が、時々ひどくもどかしく、とてつもなく大きな障害のように思える時がある。

それが我慢できなくなった結果、叶《かな》う望みのない告白なんていう暴挙に出てしまったのが、つい最近のことだ。

誰の前でも自分らしく、凛々しく、背筋をまっすぐ伸ばして、しっかりと前を見て。

そんな陽に惹《ひ》かれ、憧れた。

俺がどんなにふたりの距離を詰めようとしても、踏み込めば踏み込むほど、陽が俺から離れていくことには気づいている。

でも、それでも。

手に入らないものほど欲しくなるのは、仕方のない心理なのかもしれない。

「……あれ、晴山さんは？」

パーティーが始まってからしばらくして、ふいに晴山さんの姿を見かけないことに気がついた。

リビングの一角の床でボードゲームを始めていたメンバーに聞いてみるけど、みんな「そういえば」と首をかしげていて、俺は思わず息を吐いた。
……さすが、晴山さん。
やっぱり、目を離すべきじゃなかった。いくら広いとはいえ、家の中で迷うような
ことはないと思うけど、一応探してくるか。
「私も行くよ」
数人が輪になってボードゲームで遊んでいるのを一歩後ろから観戦していた陽が、
すっくと立ち上がった。俺と陽は一緒にリビングを出て、思いつく場所を当たってみ
たけど、晴山さんの姿はない。
「どこ行っちゃったんだろう？」
陽が不思議そうに首をかしげた。
あの律義な晴山さんのことだ。
俺や陽に何も言わずに帰ったりはしないだろう。
家の中にいないとなると、外、か。
ガチャ、と玄関のドアを開ける。
すると。
「……なんか、声、聞こえない？」
囁くように呟いた陽の声に。

パタン、とドアが背後で閉まるのを待たずに、俺と陽は声がするほうに向かって足早に歩き出した。

手入れの行き届いた広い庭は、見るだけではなく歩いても楽しめるようになっていて、かわいらしいデザインのベンチやティーテーブルが置かれている。

そんな広い庭に入って少し歩いたところにふたりがけのベンチがあって、たしかにそこに人影が見えた。

近づくに連れ、ふたりの会話がはっきりと聞こえてくる。

聞こえてくる声のうち、片方は晴山さんの、少し高めの声。

そしてもうひとりは、どうやら男のもののようだった。

晴山さんの声と、男の低い声が交互に聞こえてくる。

「あの、私、そろそろ戻らないといけないのですが」

耳が捉えたのは、晴山さんの言葉。

困ったような、焦ったような、いつにも増して自信なさげな声。

上手くベンチに座るふたりを隠すように視界を邪魔していた、背の高い、紅《あか》い花を咲かせた木の横を抜けると、一気に視界が開けて。

「えっ」

いきなり現れた俺に、ベンチに座った晴山さんが驚いたように声を上げた。

「速水くん！　どうしてここに⁉」

驚いた拍子に、バッ、と勢いよくベンチから立ち上がった晴山さん。

その勢いそのままに、俺のほうに駆け寄ろうとしたように見えたけれど、彼女の体とは逆向きの力によって引き止められる。

「……晴山さんが急にいなくなるから、迷子にでもなってるのかと思って探しに来たんだけど」

思わず言葉の前にためらってしまったのは、晴山さんを引き止めた相手の手ががしっかりと彼女の手を掴んでいることに気がついたから。

——晴山さんの手を掴んだ、がっしりとした手。

その手から顔へ、視線をたどらせる。

見たことがない男だった。

俺よりも、おそらく年上。

というか、高校生じゃないような気がする。

焼けた肌に、筋肉質な体。

つり気味の眉。

意外なほどきれいな線を描く二重の瞳。

……誰？

そう言おうとした瞬間、後ろからガシッ、と肩を掴まれた。

驚いて振り向くと、そこにいたのは、陽。

「……あれ。陽、さっきまで隣にいなかった？」

庭のほうから人の声がすると気づいたのは陽で、そこから一緒にここまで向かったつもりだったんだけど。

陽が俺より遅れて登場する理由がわからない。

「いたよ！　でも私、玄関にあったテキトーなサンダルで来ちゃったから、途中で脱げちゃったの！　その時に私、待って、って言ったのに。遥斗、全然聞こえてなかったみたいで、ひとりでズンズン先に行くから驚いたよ！」

もう、と少し怒ったように言った陽は、さらに何か言葉を続けようとしていたようだったけれど。

「え」

陽の視線が、晴山さんと見知らぬ男を捉えた瞬間、驚いたように目を見張って、

「龍也《りゅうや》!?」

と呼んだ。

「おー、陽」

どちらかというと強面《こわもて》な男は、陽の名前を呼んでにこやかに笑った。

そんな男のところに駆け寄っていった陽は、なんだかうれしそうで。

……どうやら、晴山さんの隣にいる男の名前は龍也というらしい。

一瞬不法侵入者かとも思ったけど、どうやら陽とは知らない仲ではないようだし、むしろ親密そうに見えた。

「ふたりとも、どうしてこんなところにいるの⁉」

驚きを隠さない声で陽が尋ねると、龍也と呼ばれた男がもう一度笑う。

「まぁまぁ、陽、何をそんなに興奮してんだよ。落ちつけって。遊びに来たら、ドアんとこにかわいい子がいたから、おしゃべりしてただけだし。……な、そうだよな？明李ちゃん」

いつの間にか、男は晴山さんの手を離していたらしい。

男は軽く笑いながら晴山さんに同意を求めると同時に、ベンチから立ち上がると、先ほどまで晴山さんの手を掴んでいた手を陽のほうに伸ばして。

――ぽん、と当たり前のように陽の頭に手が触れた。

「……そうやって軽くナンパするの、やめたほうがいいと思うけど」

不機嫌そうな声で陽は言いつつも、触れてきた手を払いのけようとはしなかった。

不機嫌そうな声というよりは、不機嫌を装った声に聞こえるのは俺の気のせいか？

「晴山さんも、ごめんね。こんな恐《こわ》い顔したゴツい男にいきなり声をかけられて、怖かったよね」

「え⁉　い、いえ、そんな」

陽に急に話を振られた晴山さんは、びっくりしたように慌ててそう言った。

「こんな顔してるくせに、昔からナンパ野郎なのよ」

「失礼だな。これでも結構成功率高いんだからな？」

軽口を叩いていているふたり。

見ているだけで、気を許し合っている仲だということが嫌というほど伝わってきた。

……それに。

気づいてしまった。

——陽の耳が、微かに赤いこと。

声が、いつもよりほんの少しだけ高いこと。

視線が、揺れることも。

「……」

なんだよ、陽。

……好きな人、いたのか。

陽から男に向けられた気持ち。

もしかしたら、気づかなくてもよかったのかもしれない。

気づかないふりをしたほうがよかったのかもしれない。

だけど、そんなことを考えることすら許されないほど、俺にとってはあからさまな陽の変化に、目を背けるなんてできなかった。

「そこの黒髪のイケメンくんも、初めまして。俺、こいつの隣に住んでる、谷岡《たにおか》。よろしくな」

意外なほど人好きのする笑顔を向けられて、俺は戸惑いながらも、「よろしくお願いします」と返した。

すると谷岡さんは「おう」と言って、また笑みを深める。

……これが、陽の好きなヤツ。

一度告白して振られているし、陽に他に好きな男がいたところで、今さらショックを受けても仕方がない。

陽に好きな人がいてもいなくても、俺を選んでもらえなければなんの意味もないのだから。

——そう、頭ではわかっていたけれど。

俺といる時よりも、よっぽど〝女子〟な陽を見て、なんにも気にせずいられるほど、心が冷めているわけじゃない。

強いわけでも、ない。

なんとかいつもどおりの自分でいられるようにと、一度、こっそり深く息を吸う。

「速水くん……」

心配そうな声色で、ぽつりと呟かれた晴山さんの声にも、気づくことなんてできなかった。

ずん、と。

そんな音が、自分の中のどこかから聞こえてきたかと思うほど、たしかな質量を持って胸にのしかかってきたのは、名前もわからない黒い感情。

「……」

わかっていたはずだった。

振られたからといって陽から離れることはしない、そう決めた時から。

きっと、いつかはこういう痛みが訪れるのだと。

……でも。

わかっていたけど、それでも。

それでも、それは覚悟していたよりもずっと重くて、痛かった。

「えっ、龍先輩じゃないっすか‼」

「おー、みんな揃ってんな。元気だったか？」

谷岡さんも一緒に四人でリビングに戻ると、驚いたような声があちこちから聞こえてきた。

そして、あっという間に囲まれてしまった谷岡さん。

三年生の先輩たちはどうやら谷岡さんのことを知っているらしい。

うれしそうに谷岡さんに声をかけている。

だけどそれ以外のメンバーはポカンとして、先輩たちが駆け寄っていった男を見ていた。

「えーと?」

西城の戸惑ったような声が聞こえたようで、陽が「そうよね」と笑う。

「この人、谷岡龍也っていうんだけど、私たちが一年生の時に生徒会副会長だった人なの」

「えっ!　副会長!?」

こんなチャラそうで怖そうな見た目なのに生徒会なの!?という、西城の心の声がだだ漏れだ。

生徒会メンバーだからといって、みんながみんな、いわゆる委員長スタイルをしているわけではないけど。

でも、もしも今の生徒会に谷岡さんがいたら絶対に浮くだろうな、と俺も思った。

「あ、おまえ、信じてねーな？　これでもバリバリ働いてたんだぞ」

歯を見せて笑いながら、西城に向かって言った谷岡さん。

そんな谷岡さんのセリフに、三年生メンバーからドッと笑いが起こる。

「バリバリ働く龍先輩、見てみたかったです」

「先輩に押しつけられ……、いやお願いされた仕事のせいで、俺ほとんど土日も生徒会漬けだったんすけど」

「……まぁ、龍也はイベントの時にしか働いてなかったわよね」

先輩たちは、自分より二つも年上の谷岡さんに容赦もなく言う。

「……お前ら、少しは先輩を立ててろよ」

がくっ、とわざとらしく肩を落とした谷岡さん。

「はは、いいんですよ、龍先輩は本番でガツンと決めてくれれば、それで！　イベントの時の龍先輩はカッコよすぎですもん」

「そうそう。体育祭の時の代表応援とか、俺、鳥肌立ったの覚えてる」

「会長が、どんなに断られても龍先輩を副会長にしたがるの、わかるなって思ってました」

なんだかんだで谷岡さんを好いているらしい先輩方に、なんとなく見守る空気でいた一、二年生もだんだんと谷岡さんのほうに近づいて挨拶するようになっていた。

賑やかな谷岡さんのまわりと、谷岡さんの隣で楽しそうにしている陽。

思わず、ひとつ小さく息を吐き出していた。

飲み物を注いだコップを手に、誰も座っていないふたりがけのソファに腰をおろす。

……二年前の副会長、か。

飲み物に口をつけながら、ふと、思った。

生徒会執行部は基本的に立候補制だ。

書記の俺だって、会計の陽だってそうだし、もちろん今の生徒会長もそう。

だけど、ひとつだけ、立候補できない役職がある。

それが、副会長。

いったいいつからそうなったのか、はたまた学校ができた時からそうなのかは知らないけど、副会長だけは、立候補制ではなく、推薦制だ。

推薦、というか、指名と言ったほうが近いような気がする。

右腕は自分で選べ、とでも言うのか。

副会長だけは生徒会長が全校生徒の中から指名することになっていた。

今の副会長も例に漏れずで、そして一番会長を支えているのは間違いなく彼だ。

立候補ではない分、生徒会執行部内でも、身内なりに副会長の仕事ぶりは少し厳しい目で見てしまうところがある。

今年もそれは感じていることだけど、今の副会長がみんなに認められているのは、きっちり会長の期待に応える仕事をしているからだし、そもそもの気さくな人柄ももちろんある。

だから、谷岡さんが後輩にここまで慕われているということは、今の副会長と同じように、生徒会のみんなに認められていたということで。

それは、きっと簡単なことではないと思う。

「……」

二年前の生徒会、か。

賑やかな笑い声の中心に、ぼんやりと視線を合わせながら、なんとなしに思った。

生徒会室には、代々の生徒会メンバーのアルバムやら当時の資料やらがたくさん残っているから、同じ生徒会といえども、今の生徒会とはまったく毛色の違った時代もあったことは知っている。

今年の生徒会は、真面目で優秀で、リーダーシップもそれなりにみんなあって、きっと模範的な形なのだろうと思う。

去年も、基本的には今と同じような雰囲気だった。

……だから。

「今よりずっと大変だったんだよ」

そんな枕詞《まくらことば》をつけて、三年生の先輩たちや先生の話の中に時々出てくる、二年前の生徒会。

そのころの話をする先輩たちはみんな瞳を輝かせていたし、先生たちは懐かしむように優しい顔になっていた。

大変だった、なんて言いながらもそれは決して不満の意味なんかではないことは伝わってきて、いったいどんな生徒会だったのだろうかと思っていたけど。

……きっと、この人が中心だったのだろう。

谷岡さんを見ながら、なんとなく、だけど確信に近くそう思った。

谷岡さんは、先輩たちの言葉から察するに、どこをどう見たって俺とは全然似ていない。

「あの、速水くん」

ふいに、不安げな声が俺を呼んだ。

いつの間にか近くに来ていたらしい、晴山さんの声だ。

顔を上げると、眉尻《まゆじり》を下げ、胸の前で小さな手を重ねた彼女がいた。

俺が座っているソファはふたりがけで隣は空いているのに、彼女はそこに座ろうとはせず、俺の目の前というよりは少し斜め前で、立ちすくむようにして俺を見ていた。

先ほどの声と違《たが》わず、とても不安げな表情と雰囲気をしていて、それは、俺に対する心配からくるものだとわかる。

この様子だと、きっと彼女も気づいたんだろう。

陽の好意が向けられた相手に。

晴山さんはどこか抜けているところはあるけれど、鈍感なほうではないようだ。

俺よりよほど動揺した様子の晴山さんを見たら、思わず小さく笑ってしまった。

「どうして笑うの？」

不安げな表情に微かな怪訝の色を浮かばせて、彼女が首を少しだけかしげて言う。

「だってさ、……なんであんたがそんな情けない顔してるわけ？」

「……私、情けない顔なんかしてないよ」

「いや、してるから。鏡見てきたら？」

「なっ」

晴山さんは言い返そうと口を開く。

だけど彼女は言葉にする前に少しためらって、そして結局口にしようとした言葉は引っ込めることにしたようだった。

代わりに、彼女はまっすぐに俺の目を見て、

「……今、私が情けない顔になっているとしたら、それは速水くんのことが心配だからだよ」

と言う。

まさか反抗以外の言葉が返ってくるとは思っていなかったから、一瞬、何を言われたのか理解できなかった。

「諦めなくていいなんて……、私、簡単に言っちゃいけなかったよね」

俺が言葉を探している間に、晴山さんは後悔を滲ませた声で言う。

その言葉が、意外なほど心に重く刺さった。

不安げな顔から泣きそうな顔に変わっている彼女の表情が、理由もわからないまま心に痛みを走らせる。

……なんで。

なんであんたが、そんなに責任を感じてるんだよ。

あの時……晴山さんに諦めなくていいと背中を押してもらった時。陽以外の言葉では意味がないということはわかっていた。

そうだよ。

俺には、諦めなくてもいいか、直接陽に聞く勇気がなかっただけ。

今なら素直に認められる。

だけど、あの時は冷静に自分を見る余裕なんてなかった。

ぶつける相手を失った、とがった感情をどうしたらいいのかわからなくて、偶然居合わせた彼女にどうしようもない問いを向けた。

俺の中で晴山さんは、ひとりじゃ何もできない、気の弱い同級生、それだけだった。

だから、本当は彼女の答えがどうであろうと、陽のことは諦めるつもりで、そういう答えを期待して彼女に聞いた。

――一度振られたなら潔く次の人、探すべきだよ。

そう言ってくれたらきっと、やっぱりそうだよなぁって自分の気持ちを無理にでも消す努力をしただろう。

傷つくことから逃げていそうな彼女なら、きっとそんな言葉をくれると思っていた。

だから、まさか正反対の言葉が返ってくるなんて思わなくて。

そのことに少なからず驚いて、そして初めて見る晴山さんの強い意志が通った言葉が少しだけ面白くて。

思わず、彼女の言葉に従うように、陽のことを好きでい続ける覚悟を決めた。

でも、彼女の諦めなくてもいいという言葉を盲目的に信じて従ったわけじゃない。

そうじゃなくて。

……晴山さんの言葉が、じつは心の底では欲しいと思っている言葉だったから。

本当は誰かにそう言ってほしいと思っていた言葉だったから。

だから、そうすることに決めたんだ。

諦めようと思ったのは、そうしなくちゃいけないと思ったからで。

心の奥底では、諦めたくなんかないという思いが燻っていて。

いつか自分を好きになってくれるんじゃないか、そんな希望を持ち続けていたくて。

……だから。

「晴山さんは何も悪くない」

陽の気持ちがわかって、ただでさえ息苦しい気分なのに、晴山さんにまでこういう顔をされると、鈍い痛みとともに心にかかる辛さが増す。

だから。

晴山さんは、何も気づかないふりをして。

できることなら、いつもどおりでいてほしい。

「諦めないって決めたのは俺だし、今だってその気持ちは変わってない」

——陽に他に好きなヤツがいたくらい、全然なんともない。

これくらいで諦めたりしない。

そんな意味を込めた強がりを口にしてしまったのは、晴山さんが辛そうな表情をしていることが耐えられなかったからだ。

陽のことを諦めるかどうかよりも、晴山さんに辛い思いをさせている自分が許せなくて、考えるより先にそう言っていた。

どうしてそんなふうに思うのかは自分でもよくわからないけど。

晴山さんが俺の言葉を聞いて少し驚いたように目を見開いて、そして小さく息を吐き、安堵したような表情を見せた瞬間。

「……そっか」

呟きのような晴山さんの声が耳に届く前に、先ほど感じた痛みと辛さとは違う何かが、ギュッと音を立てて。

心を小さく揺らしたような気がした。

夕暮れチョコチップ

「はぁぁー」

無意識のうちにこぼれた大きなため息に、まわりにいた先輩たちが不思議そうな顔で私を見た。

「明李ちゃん？　何、どうしたの？　さっきからため息ついて」

声をかけてくれたのは、夕衣さん。

さっきまで、カシャカシャと軽快な音を立ててボウルの中身をかき混ぜていた手が止まっている。

「……え⁉　あっ、ごめんなさい。私、またため息ついてました？」

「ついてたついてた。すっごいおっきいやつ。どしたの、何か心配事？」

今週に入って、夕衣さんと同じようなことを何度も羽依ちゃんにも言われている。

だけど、私はどうしてもため息が止められない。

というか、無意識すぎて、言われなきゃ気づかないという厄介な状況。

「……私のことじゃないんですけどね。ちょっと、友達……というか知り合いのことが心配で」

そう答えて、いつの間にか止まってしまっていた、生地を丸める作業を再開させる。

「そうなんだー。恋愛相談でもされてるの？」

私が作業を再開させたことで、夕衣さんの手元からも再びカシャカシャという音が聞こえてくる。

——そう。

今は、週に一度の部活中。

ふたつのグループに分かれて、パウンドケーキとクッキーを作っている。

いつもなら、どんなに嫌なことがあっても、この場所、この時間だけは、その憂鬱を忘れることができた。

お菓子やご飯を作ることに夢中になって、癒されて。

作った料理を食べながら、みんなと他愛のない話をするだけで、元気になれた。

……なのに。

今日はおかしい。

心のモヤモヤが、どうしても消えてくれない。

先週、速水くんと一緒に志賀先輩の誕生日会に行ってから、ずっと続いているこのモヤモヤ。

……私にはどうすることもできないことだから、余計にこんなにモヤモヤするのかもしれない。

「恋愛相談……。あー、そうですね。ざっくり言うとまさにそれです」

相談されているわけじゃないけど、なんというか、首を突っ込んでしまったら抜け出せなくなってしまった。

速水くんの恋を私が勝手に気にしているだけだけど、もう他人事だとは思えない。

「私が気にしたって仕方がないことはわかっているんですけどね」

苦笑してそう言うと、「そんなことないよ！」という思いがけず強い口調の夕衣さんのセリフが返ってきた。

少し驚いて夕衣さんのほうを見ると、夕衣さんも、そしてその隣で作業をしていた果歩先輩も、一旦パウンドケーキを作る手を止めていて、ふたりとばっちり目が合う。

「そんなことない！　恋愛はたしかに個人戦だけど、応援してくれる人がいるのといないのじゃ、絶対違うと思うよ」

……夕衣さんにも、そういう経験があるのだろうか。

思わずそう思ってしまうくらいのまっすぐで力のある言葉。

そんな夕衣さんの言葉に果歩先輩も優しく微笑んで、頷いた。

「私も夕衣に賛成。明李ちゃんの友達のことは私は知らないけど、明李ちゃんがそこまで気にかけるくらい応援してるって思っただけで、私もそのお友達の恋、応援したい気持ちになるもの。明李ちゃんは気づいていないかもしれないけど、きっとその友達も、明李ちゃんの気持ち、心強く思っていると思うよ」

「……そう、ですかね」

「うん。絶対そうだよ」

夕衣さんと果歩先輩の言葉に、なんだか本当にそんなような気がしてくる。

あの速水くんが私の応援を必要にしているなんて、心強く思ってくれているなんて、絶対ありえないって思うのに。

それなのに不思議と、こんな私でも少しは役に立てているんじゃないかって思えてくる。

「……もしそうだとしたら、うれしいです」

思わず呟いた私に、ふたりはにっこりと優しい笑顔を向けてくれた。

「あ、そうだ！　明李ちゃん、今日作ったお菓子、そのお友達におすそ分けしたら？　おいしいものを食べたら元気になれるし」

「果歩、それ名案！　幸せのおすそ分け、してきなよ！」

……速水くんに、お菓子のおすそ分け、かぁ。

速水くん、甘いもの好きかな？

あ、でもパーティーの時はケーキ食べてたよね。

じゃあ、大丈夫かな？

「……そうですね。じゃあ今日、持っていってみます」

コクリと頷いて先輩たちのアドバイスを受け入れた私に、ふたりはうれしそうに笑った。

「よーし！　じゃあ今日は絶対失敗できないぞー！」

夕衣さんの元気のいい声とともに、私も作業を再開させる。

……こんなにいい先輩に恵まれて、私は本当に幸せ者だ。

さっきまであんなに胸を重くしていたモヤモヤが、少しだけど軽くなったような気がする。

「……喜んでくれるといいな」

クッキー生地を鉄板に並べ、オーブンに入れる。

ピッ、と時間をセットしながら、思わずそう呟いていた。

おいしく焼けてね。

速水くんに、少しでも元気を届けられるように。

笑顔になってもらえるように。

おいしくできるクッキーを想像しながら、私は速水くんに今から会えないかどうかを尋ねるために、スマホに指を滑らせた。


「晴山さん」

うとうとしていたら、心地よく耳に響く低めの声で名前を呼ばれた。

ハッとして顔を上げると、呆れたような顔をした速水くんが立っていて。

「あっ、速水くん！」

下駄箱の横で膝を抱えて丸くなっていた私は、慌てて立ち上がる。

……どれくらい私、ここにいたんだろう。

待ち始めた時はまだこの場所にも夕日が差し込んで明るかったのに、今はもうすっかり暗くなっていた。

昇降口のガラス越しに見える空は、夜の色。

部活の途中で送ったメールへの返信は、一時間後だった。

【生徒会の仕事中】

こんな、絵文字もないそっけない文面。

速水くんらしいなぁ、と思わず少し笑ってしまった。

【あとどれくらいで終わるかな？　待っててもいい？】

速水くんのメールにそう返信すると、今度は比較的早く返ってきて。

ただそれだけのことがちょっぴりうれしく思っている自分がいた。

【一時間もあれば終わると思うけど。なんの用】

【じゃあ昇降口で待ってるね】

なんの用、という問いには、なんだかいい答えが見つからなかったから、スルーしちゃった。

お菓子、喜んでくれるかな。

少しでも元気になってくれたらいいな。

……速水くんは、気にしない、なんて言っていたけど。

誕生日会の帰り道、隣を歩く速水くんは、やっぱりどこか悲しそうに見えたから。

なんて、そんなことを考えているうちに襲ってきた眠気に、どうやら私は抗えなかったみたい。

ちょっと寝ちゃってたよ。

「生徒会、おつかれさま！　すごいね、毎日こんなに遅くまでやってるの？」

速水くんが下駄箱から靴を出して履き替えているのを見て、私も慌てて上履きを下駄箱に突っ込んで、ローファーに足を突っ込む。

そのまま、速水くんと並んで外に出ると、やっぱりもう夜だ。

ひゅん、と吹きつけてきた秋の風が、とても冷たい。

「まぁ、今はちょうど引き継ぎの時期だから、いろいろ立て込んでるんだよ。これでも俺は早く帰れてるほう」

「そっかぁ。もうすぐ生徒会の役員選挙だもんね」

私の高校は、毎年五月と十一月末に新たな生徒会役員を決める選挙がある。五月の選挙は、新入生から追加で生徒会執行部に加入する生徒を選ぶためのもので、任期は十一月の選挙までの約半年間。そして、十一月の選挙が大きな選挙で、その年の生徒会執行部が解体して新しい生徒会が選ばれるための大きな選挙だ。

その大きな選挙が迫っているわけで、そこで選ばれれば一年間生徒会執行部の一員として活動することになる。

きっと、他の高校よりは遅めの代替わり。

たぶん夏から秋にかけて、文化祭やら体育祭やらの学校行事が集中しているから、それが終わってから、という意味での引退のタイミングなのだと思う。

「三年生が抜けたら、寂しくなるね」

誕生日会で盛り上がっていた先輩たちの姿を思い出して、思わずそう呟いた。

「あー、まぁ、そうだろうね。俺も一緒に抜けるからあんまり関係ないけど」

大したことじゃないように、さらりと言った速水くんの言葉が理解できなくて、私はしばし、眉をひそめてしまった。

……一緒に抜ける？

それって、三年生が生徒会を引退するのと一緒に、速水くんも生徒会をやめるっていうこと⁉

「……えぇっ⁉」

どうして⁉

速水くん、今年は生徒会に立候補しないの⁉
一、二年生で生徒会役員だった人は、そのままずっと続けるのが当たり前なのかと思っていた。
「別に、絶対卒業まで続けなきゃならないっていう決まりはないし」

「それはそうだろうけど……」

いつもはバスで大きな駅まで行って、そこから電車に乗って家に帰る。

だけど、駅までは歩けない距離でもないから、今日は徒歩通学の速水くんに合わせて隣を歩いた。

……いつもと変わらない、静かな口調の速水くん。

人間関係を重視していないような速水くんだけど、なんとなく、生徒会という居場所は彼なりに大事にしているように見えた。

だから私は、来年もこのまま続けるのだと、当たり前のように思っていたのに。

「……」

私の、単なる思いすごしだったのかな。

それとも。

速水くんが生徒会をやめようとしているのは、志賀先輩がいなくなるから……？

「あ、勘違いしないでほしいんだけど、陽がいなくなるから立候補しないとか、そういうんじゃないから」

「……えっ⁉」

速水くんの言葉に、私は思わず目を見張った。

ど、どうして、今まさに考えていたことがわかるの⁉

たしかに私は、速水くんと比べたらずっと単純な思考回路をしているだろうとは思うけど、そんなに⁉

そんなにバレバレなの⁉

なんだか軽くショックを受けた私は、どうやらそれも顔に出ていたみたい。

速水くんが、呆れたように笑った。

「晴山さん、たぶん自分で思ってるより顔に出るタイプだから気をつけたほうがいいよ。生徒会のことは、陽のことが無関係とは言わないけど、それが一番の理由じゃない。でも、なんていうか……、晴山さんだって思っただろ？　俺とあの人じゃ、比べるのもおかしいくらい似てないって」

「っ！」

その言葉で、ハッとした。

あの人、というのは、きっと龍也さんのこと。

……もう。

速水くんの、強がり。

やっぱり、気にしてるんじゃん。

無関係とは言わないけど、なんて遠まわしな言い方をしているけれど。

『志賀先輩の好きな人が龍也さんだから』

それが速水くんが生徒会をやめる理由なんだって、いくら私でも、わかった。

きっと速水くんは、敵《かな》わないって思ったんだ。

自分じゃ、龍也さんみたいにみんなの士気を高められないって、思ったんだ。

たしかに速水くんと龍也さんは、全然似てないから。

タイプが違いすぎるから。

好きな人が自分とはまるで正反対の人を好きだなんて、絶対に自分に振り向いてくれないんじゃないかって思えてきて、辛くなる気持ちはわかる。

でも。

でも、龍也さんとは違っていても、速水くんだって立派に生徒会の一員で。

志賀先輩にとっては大事な後輩なはずで。

私から見たら、速水くんだってちゃんと、志賀先輩にとって大切な存在に違いないと思うのに。

龍也さんみたいになれないことが、そんなに悲観的になることなの？

龍也さんみたいになろうとすることが、そんなに大事なこと？

……速水くんだって言ったよね。

志賀先輩を好きな気持ちは変わらない、って。

諦めたりしない、って。

「速水くん」

「本気で、陽のことだけが理由じゃない。一応来年は受験生だし、勉強に集中したいっていうのが一番の理由。そもそも、学校行事なんて楽しめるタイプじゃないのに生徒会にいたのが間違いだったんだよ」

私の言葉を遮ってそう言った速水くんは前を見たままで、隣を歩く私を見ようとはしない。

いつもより少しだけ早口な彼の言葉は、どこか投げやりで、まるで自分を納得させるための苦し紛れの言い訳のように聞こえた。

……好きな人に、自分じゃなくて他に好きな人がいる、なんて。

辛い、よね。

ショックだよね。

失恋って、私が想像しているよりきっと、ずっと痛くて苦しいんだろうな、って思うよ。

でも、こんなの速水くんらしくないよ。

付き合いの浅い私なんかに、らしくない、なんて言われたら、速水くんは怒るかもしれない。

だけど、本気でそう思うの。

だって、諦めなくてもいいいんじゃないか、なんて何も知らない私の言葉を信じてくれた時。

私みたいに後先考えないバカじゃない速水くんは、もしかしたらこういうことになるかもしれない、っていうこと、予想できていたはずだよね。

それでも、諦めない、って決めたんだよね。

——勉強に集中したい、なんて、嘘。

どんなに生徒会が忙しい時期だって、速水くんは入学してから今まで、一度だって成績を落としたことなんかない。

校内の同学年には彼の敵なんかいなくて、二年生になってから数が増えた全国模試でだって、私には一生とれないような順位を毎回とっているのを知っているから。

……学校行事が楽しめない？

それこそ龍也さんと比較して、自信を失ってるの？

龍也さんのことは、私も誕生会で少し話しただけだから、よくは知らないけど。

先輩たちの言葉から、行事で活躍するタイプの人なんだろうなってことはわかった。

たしかに、速水くんが自分で言うとおり、まわりのみんなよりも冷静で大人な彼は、学校行事を思いきり楽しめないのかもしれない。

だけど、速水くんだって、そんなことが本当に大事なことかどうかなんて。

私でもわかるようなこと、わからないはず、ないでしょ？

思わず立ち止まった私を振り返った速水くんが、ようやく私をまっすぐに見た。

「……速水くんの、いくじなし」

ぽつり。

呟くように言った私の言葉に、彼はキュッと眉をひそめた。

「速水くんの嘘つき。……志賀先輩のこと、諦めないって言ったじゃん。この前はあんなにカッコつけたこと言っておいて、どうして今さら怖気《おじけ》づくの？」

「は……、」

「今の速水くん、私から見ても男らしくないよ。龍也さんがすごい副会長だったから何？　それなら速水くんは、それ以上を目指したらいいじゃん！　もっとすごい生徒会役員になってやるって頑張ればいいじゃんっ！」

勢いのままにカバンから取り出したのは、さっき作ったチョコチップクッキー。

普段なら保存ボックスに入れて持ち帰るけど、今日は頑張ってラッピングまでした。速水くんに元気になってほしくて、「速水くんなら大丈夫だよ」なんて優しい言葉をかけて渡そうと思っていたのに。

……どうも上手くいかないなぁ。

「これでも食べて、気合い入れ直してきて！」

ずいっ、と速水くんにクッキーの入った袋を押しつけた。

いきなりの私の行動に驚いたように、速水くんは目を見張って、思わず、といったように袋を受け取る。

「生徒会長になって学校を変えてやる、くらいの意気込みがなきゃ、龍也さんに勝てるわけないよ！」

――私たちを撫《な》でていく秋の風。

私はさっきまでそれをとても冷たく感じていたのに、不思議と今はその冷たさを感じなかった。

速水くんの瞳がまっすぐに私を捉えていて、そして私もまっすぐに彼の目を見つめ返す。

視線を交えるのは初めてなわけじゃないのに、どうしてか、初めてそうしたような気持ちになった。

「……」

私たちの間に沈黙が流れて、けれど速水くんは何も言わない。

自分でも驚くくらいの強い口調で速水くんに投げつけた言葉が、私たちの間に少しの余韻を残して、夜の静けさに溶けていった。

第三話
優しい人。

気づかなかっただけ

「晴山さん、いる？」

決して、そこまで大きい声だったわけじゃない。

怒ったような声だったわけでもない。

だけど、教室の外から呼ばれた瞬間、びくっと私の体が跳ねた。

「え、明李のこと呼んでるのって、速水くん？」

昼休み。

お弁当箱の中身も半分以上食べ終わったかな、というころ。

教室の外から聞こえた声に、机を向かい合わせにして私とお弁当を一緒に食べていた羽依ちゃんが反応して、不思議そうな表情でそう言った。

羽依ちゃんの視線は教室のドアに向いていて、その先を見るのがとても怖い。

「やっぱり速水くんだよ。明李、行かなくていいの？」

私のほうに視線を戻して、羽依ちゃんが首をかしげて私を見た。

……速水くん、今までは呼び出す時はメールだったのに。

どうして今日は、直接なの⁉

「……あははは。そ、そうだよね、行かなきゃね。ごめんね羽依ちゃん、ちょっと行ってくる」

「うん、いってらっしゃーい」

動揺しながらイスから腰を上げて歩き出すと、ガタンッ、と机の脚にぶつかって机が大きな音を立てた。

「ちょっと、大丈夫⁉」

「あははは、うん。大丈夫大丈夫」

思いっきり脛《すね》をぶつけて痛い。

でもそれより今は、速水くんのところに行くのが怖くて痛みはあまり気にならなかった。

……だって。

速水くんがわざわざ私の教室まで来たのって、私のことを怒ってるからだよね？

昨日の放課後。

私はたしか、彼を慰めようと思って一緒に帰ったはずだった。

それなのに、気づいた時には生意気すぎることを言ってしまっていた。

私、後悔したのに。

龍也さんと一緒にいる志賀先輩を見る速水くんがあまりに苦しそうだったから、諦めなくていい、なんて言わなきゃよかった、って思ったのに。

あんな思いをさせてしまったのは私にも責任があるから、少しでも速水くんの力になろう、って。

元気になってもらえるように頑張ろう、って。

せめて私は優しくしよう、って。

……そう思っていたのに、どうして昨日の私はあんなことを言ってしまったのか。

あの会話のあと、すぐに駅についてしまったから、私が我に返った時にはすでに速水くんと別れたあとで。

正気になった私には、昨日の自分の言葉がとても信じられない。

どうして元気づけようとしていた人に、あんなことが言えたんだろう。

速水くんだって、きっと怒ってるに決まっている。

もしかして、クラスのみんなの前で怒られるのかな。

うう。

わかんないけど、とりあえず怖いよ……！

「おお、お待たせしました何かご用でしょうか」

ドアのところにたどりついた私は、俯いたまま早口にそう言うのが精一杯だった。

すると、頭上から呆れたような声が降ってくる。

「何それ、どこかの店員の真似？　そんなのはいいから、ちょっと来て」

「えっ⁉」

ぐいっ、と引っ張られた手に驚いて、思わず俯いていた顔を上げる。

もうすでに早足に歩き出していた速水くんの横顔が見えて、だけどその表情は決して怒っているようには見えなかったから、思わず安堵の息がこぼれた。

なんだかよくわからないけど、命拾いしたみたいだ。


「……生徒会室？」

速水くんに手を引っ張られるまま連れてこられたのは、生徒会室だった。

私の問いに答えることなく、速水くんはガラッ、と音を立ててドアを開く。

初めて入った生徒会室は、想像していたよりずっとすっきり片づいていて、思わず驚いてしまった。

もっとごちゃごちゃしているのかと思っていたから。

部屋の真ん中に置かれた丸テーブル。

そのテーブルの前にはキャスター式のホワイトボードが置いてあって、何か書き込んである。

きっと、何かの打ち合わせの途中のもの。

部屋の中で圧倒的な存在感を見せるのは、窓際に置かれた背の低い本棚の中にずらりと並ぶ、分厚い本の数。

速水くんはもちろん、私の学年の生徒会執行部は成績優秀者揃いだけど、あんな分厚い本を読めるなんて、やっぱり他の学年もそれは変わらないんだね、きっと。

「晴山さん、いつまでも突っ立ってないで早く座って」

初めての場所に、思わずきょろきょろとまわりを見渡していた私に向かって、速水くんが呆れたように声をかけた。

ハッとすると、彼はもう丸テーブルのまわりに置かれたイスのうちのひとつに座っている。

相変わらず、愛想のかけらもない話し方だなぁ、なんて思いながら、速水くんの隣のイスを引き、腰かけた。

「これ」

私が座ると同時に、目の前に現れた一枚の紙。

横から速水くんが差し出してきたその紙は、何かの申込書みたいだった。

「？」

なんだろう、と手に取ってよく見ると、一番上の欄には手書きで速水くんの名前が書いてある。

「何これ？」

隣に視線を向けて尋ねると、速水くんはキュッと眉間にシワを寄せた。

「……あんたが言ったんだろ」

静かにそう言って、速水くんは私の手から紙を奪い取ると、再びテーブルの上にその紙を広げた。

「ここ、名前書いて」

その言葉とともに、スッ、とボールペンを差し出された。

……え、名前？

私の？

なんで？

状況が理解できないながらも、速水くんが「ここ」と指さした場所を見ると、空欄の横に【推薦者】と書いてある。

「……ん？」

私が推薦者になるってこと？

えっと、速水くんの名前の横には……、あ、【立候補者】って書いてある。

じゃあ私は速水くんを推薦する立場になるのか。

推薦。

立候補。

「……えっ⁉」

さすがの私も、ハッとして速水くんを見る。

すると、眉間にシワを刻んだままの彼は、フッと小さく息をこぼした。

「うちの高校の生徒会は、推薦者がいないと立候補できない仕組みだってことくらい、いくら晴山さんでも知ってるよね？」

「え、でも、昨日は生徒会やめるって」

「気が変わった」

そんな急に⁉

昨日はそんなそぶり、少しもなかったのに！

「ええ⁉　ていうか速水くんなら、私が推薦しなくてもいいんじゃ」

きっと今の三年生だって、できるなら今のメンバーに引き継いでもらいたいと思っているだろうし、私が推薦しなくてもよくない？

たしか推薦した人って、立候補者と一緒に毎朝校門前に立って、『清き一票をお願いします！』みたいな活動をするんじゃなかった？

そういうのはやっぱり、私なんかより前生徒会メンバーみたいな、有名な人にやってもらったほうがいいと思うんだけど……！

そんなふうに思う私の思考はごくごく普通だと思うんだけど、速水くんは大きなため息をついた。

と思ったら、ふいにまっすぐな視線を向けられて驚いてしまう。

「……俺を立候補させたのは誰？」

静かな声で問われて。

ごくりと、私の喉が鳴った。

「え、と」

「責任、ちゃんととってもらわないと困るんだけど」

いつもどおり、まっすぐで迷いのない速水くんの声。

冷静すぎるその声に、私の頭はまったくついていけない。

向けられた視線に、戸惑いながらも見つめ返す。

速水くんのきれいな黒の瞳に自分が映っているのが見えて、なんだか心が落ちつかない。

「……責任、なんて言われても」

しばしの沈黙のあと、やっと言葉を押し出すと、再び速水くんの眉間にシワが寄る。

「晴山さんの挑発に乗った俺がバカだったかな」

「え⁉　私、挑発なんてしてないよ」

そんな攻撃的なことしないし！

私が驚いてそう返すと、速水くんは厳しい表情のまま、トン、と指先を机に置いた。

反射的にその指先が示す場所を見ると、速水くんが私に名前を書くように促している紙の一部分に彼の指が乗っていて。

そしてそれは、立候補する役員の役名を書くところで。

今は書記をしている速水くんは、三年生に上がってもきっとその役割を続けていくんだろうと思っていた。

今の今まで、彼が立候補しようとしているのは書記なんだと思っていた。

……ところが。

書記、と書いてあるはずの欄には、整った字で【生徒会長】と書いてある。

――えっ。

「生徒会長っ⁉」

驚いて、紙を思わず二度見。

バッ、と机の上から紙を持ち上げてみるけど、何度見てもその文字は変わらない。

「は、速水くん。これ、生徒会長って書いてある」

速水くんを見てそう言えば、お決まりの呆れ顔。

「そりゃあ、生徒会長に立候補するんだからそう書いてあるに決まってるでしょ」

当たり前のように返されて、それはそうかと頷くしかない。

――『生徒会長になって学校を変えてやる、くらいの意気込みがなきゃ、龍也さんに勝てるわけないよ！』

ふと脳裏に浮かんだのは、私が昨日、衝動的に彼にぶつけた言葉。

「……」

え。

まさか、さっき速水くんが言っていた、『挑発』ってこれのこと⁉

私があんなことを言ったから、速水くんは急に生徒会長になろうなんて思っちゃったの⁉

そ、そんな。

単純すぎる。単純すぎるよ速水くん‼

いつも私のことを頭の回転が遅いとかいろいろバカにしてくるけど、速水くんのほうがずっと単純なんじゃないの⁉

驚愕《きょうがく》して言葉を失っていると、どうやら私の思考を読み取ったらしい速水くん。

「そういうことだから」と不敵に笑いながら私の手から紙を奪い取って机に置き、半ば無理やり私にボールペンを握らせる。

「ホラ、早く書いて。もう昼休み終わる」

ボールペンを握ったまま呆然としていた私の手をギュッと上から握ってきて、無理やり署名させようとする速水くんに、私は何がなんだかわからないうちに自分の名前を書いていた。

「ん。よし。じゃあこれ、出しとくから」

ニヤッと笑った速水くんが、私の手元から申込書を抜き取ると、ガタッと音を立ててイスから立ち上がる。

そのまま私を置いていくのかと思ったけど、まだ混乱している私の手を引っ張って立ち上がらせてくれ、そのまま生徒会室をあとにした。

「あ、そうだ」

速水くんは私と教室の棟が違う。

生徒会室があるここから隣の棟に行く分かれ道、速水くんが私の手を離しかけて、しかし突然また強く握ってきた。

驚いて顔を上げると、バチッと視線がぶつかる。

瞬間、彼が微かに目を細めて。

それが今まで見たことがないくらい優しい笑みだったから、思わず目を見張ってしまった。

「……昨日はクッキー、ありがとね。うまかったよ」

「……え。あ、うん」

　速水くんにお礼を言われた……!?

　まさかの事態に、私は反射的な返答しかできなくて。

「あんまり強く投げつけてくるから、何個か砕けてたけど。……あんた、見かけによらず怪力なんだね」

「……はい!?」

　怪力!?

　女子にかける言葉とは思えない言葉に顔をしかめると、速水くんはフッと笑って、私の手を離した。

「怒るとこじゃないって。本当のことだろ。……じゃ、またね」

　そんないつもどおりのかわいくない言葉とともに残されたのは、まったくもって速水くんらしくない柔らかい笑み。

　速水くんって。

　あんなふうに、笑えたんだ……。

　私があまりの衝撃に何も言えずにいるうちに、速水くんはさっさと自分の棟へと歩いていってしまった。

「……不意打ちすぎるよ」

遠くなる速水くんの背中を、なんとも言えない気持ちで見送った私は、思わずぽつりと呟く。

怪力、なんていう失礼な言葉に怒っていたはずなのに、別れ際に残された彼の笑顔が、そんな感情はすべて消し去っていってしまった。

自分でも驚くくらい、速水くんの笑顔が、強く心に焼きついている。

どうしてだろう。本当に不思議なくらい、くすぐったいくらい、うれしい。

——一年間、同じ教室にいたのに、去年は一度だってあんなふうに笑ってくれたことが、なかった。

私の知っている速水くんは、いつだって冷たくて。

不機嫌そうな顔とか、呆れたような顔。

そんなマイナスの感情が乗った表情ばかりを向けられてきた私には、速水くんがふいに見せる温かい表情は、ちょっと刺激が強すぎる。

昨日渡したクッキーだって、そうだよ。

あげた、というよりは、押しつけたようなものなのに。

ちゃんと食べてもらえただけでもうれしいのに。

それなのに、わざわざお礼を言ってもらえるなんて。

『うまかった』なんて、作り手としては一番うれしい言葉をもらえるなんて。

想像もしていなかった。

速水くんって。

私より、ずっと大人だと思っていた。

私より、ずっと冷めた人だと思っていた。

……私なんて、クラスメイトにさえ届かないくらいの、取るに足らない存在に見られているのだと思っていたのに。

私の言葉を信じてくれて。呆れながらも隣にいてくれて。

一年間も、同じ場所にいたのに、私。

速水くんのこと、何もわかっていなかったんだ。

苦手だから、って自分から距離を置いて。

どうせわかってもらえないから、って自分の気持ちを言葉にするのを諦めていた。

もしかして。

もしかして、初めから速水くんの前でも私が私らしくいることができていたら。

速水くんがあんなふうに温かく笑うこと、もっと早く気づけていたのかな。

速水くんのバカみたいに素直なところ、知ることができていたのかな。

わかりにくいけど。

不器用なところもあるけど。

冷たいところもあるけれど、ちゃんと優しいところもあるんだ、っていうこと。

……志賀先輩より先に見つけられていたのかな。

「……っ」

って、私！

なんてことを考えちゃってるの⁉

こんなことを考えるなんて、どうかしてる‼

「えっ、しかももうこんな時間⁉」

授業開始五分前の予鈴が鳴り出して、私はようやく迷路みたいに複雑化していた思考をストップさせた。

──次の授業、なんだったかな。移動教室とかじゃないよね？

あっ！

ていうか私、お弁当全部食べてないし！

ストップさせた思考を、無理やり方向転換。

なおも速水くんのことを考えそうになってしまう思考を振り払うように。

自分でも戸惑う感覚がまだ胸の中に潜んでいることに、気がつかないふりをして。

ぶん、とひとつかぶりを振って、私は教室に向かって駆け出した。

ドキドキ、なんて。

生徒会、なんて私には縁のない組織だと思っていたし、その選挙だって同様だ。

まさか自分がかかわることになるなんて、少し前の私なら夢に出たとしても目が覚めたらきれいさっぱり忘れ去っているレベル。

……そんな私が、あの、一番かかわりたくなかったはずの速水くんと一緒に、選挙活動をすることになるなんて。

いったい誰が予想できただろう。

「しかも信任投票じゃないとか」

「あんたは本当にアホだね。そりゃあ、俺が立候補する前から立候補しようとしてるヤツくらいいるに決まってるでしょ」

私が半ば無理やり速水くんの推薦人にさせられてから数日がたった今日。

生徒会役員選挙の立候補が締め切られ、立候補者の名前がずらりと並んだ名簿が校舎内の掲示板に貼《は》り出された。

放課後、それを速水くんとふたりで眺めながら、ぽつりと呟いた私のひとりごとに、速水くんはいつもどおりの切れ味の鋭いコメントを差し込んでくる。

……私、何回速水くんにアホ呼ばわりされてるんだろ。

それにしても、だよ。

私がイメージしていた生徒会選挙といえば……。去年も、それこそ中学生だった時も、生徒会の選挙といえばだいたいは出来レースで。

まず落ちる人なんかいなかったから、対抗馬のいない信任投票の選挙しか想像していなかった。

今年の選挙も、生徒会長以外の役員に立候補しているのは、きれいにひとりずつ。

よっぽどのことがない限り、きっと会長以外の人は立候補者がこのまま当選すると思う。

並んだ名前を見ても、見たことのある名前、というか今の生徒会役員がほとんどそのまま立候補しているから、問題のある生徒なんているはずない。

本当なら、速水くんだってそんな役員候補のひとりで、なんの問題もなく役員に選ばれていたはずなのに。

それなのに。

私が、『会長になって学校を変えてやる、くらいの意気込みがなきゃ、龍也さんに勝てるわけないよ！』なんて余計なことを言ったせいで。

速水くんはもともと立候補するはずだったであろう書記ではなく生徒会長に立候補しちゃったから、もうひとりの生徒会長候補と戦うことになってしまった。

……はあ。間違いない。

私、バカなことを言った。

できるなら、あの日に戻りたい。速水くんに勢いのまま啖呵《たんか》を切ってしまった、あの放課後に。

そしたら、訂正するのに。せめて、生徒会長を生徒会役員に訂正するのに。

けれど切ないかな、どんなに悔やんでも過去は変えられない。

速水くんが立候補したのはほとんど私のせいだから、責任逃れもできない。

結局、今の私にできるのは、速水くんの隣で、精一杯力を尽くすことだけなんだ。

「晴山さん」

ふいに呼ばれて顔を上げる。

「……何？」

「選挙まで二週間、よろしく」

意地悪な笑みを浮かべてそう言った速水くんに、私は嫌な予感しかしなかった。

「他のみんなは生徒会室で準備してて、たぶんもう入れないくらいの人数になってるだろうから、他の場所を探そう」

掲示板を離れて、いよいよ選挙に向けた作戦会議に向かおうと歩き出した私は、速水くんの言葉に頷いた。

速水くんは去年の選挙も経験しているんだし、やり方はわかっているのだろうけど、私は丸っきり何も知らない。

速水くんについていくしかないし、従うしかない。

「そういえば、毎日それなりに帰る時間が遅くなると思うけど、問題ないよね」

――帰り遅くなるけど大丈夫？

じゃないの？　普通。

速水くんの有無を言わせない言い方に、私は思わず眉をひそめた。

……問題、あるよ。

私は速水くんみたいに勉強ができるわけじゃないし、要領がいいわけでもないんだから、毎日遅くなったら確実に宿題も予習復習も終わらない。

毎日遅くまで準備なんて困る！

「速水くんが代わりに私の宿題やってくれるなら、全然問題ないけど！」

「そ。じゃあ明日から宿題持ってきて。代わりにやってやるから」

「え、……え!?」

私なりに嫌味を込めた冗談のつもりだったのに、まさかの即答。

しかも快諾。

まさかすぎるよ！

信じられなくて思わず歩いていた足を止めると、私の半歩先を歩いていた速水くんが、怪訝そうな顔で振り返った。

「……なに立ち止まってんの？」

「えっ、だって。本当に私の代わりに宿題やってくれるの？」

私がそう言うと、速水くんはさらに怪訝そうに眉間にシワを刻み、呆れたように息を吐いた。

「あんたが自分で言ったんじゃん。……あ、もしかして、教えてやるから自分でやれ、とか言われたかった？」

ニヤ、とからかうように意地の悪い笑みを浮かべた速水くんに、反射的にぶんぶんと首を横に振った。勢いよく。

だって速水くん、絶対スパルタだもん。

できる人にはできない人の気持ちなんて理解できないだろうし！

教えてもらおうとしたところで、こんなのもわかんないの、って鼻で笑われるに決まってる！

「教えてくれなくて結構ですっ！　宿題のことだって、冗談だもん。ちゃんと自分でやります！」

少し距離の空いてしまっていた速水くんのところまで駆け寄って、私は強い口調でそう言った。

私が来たのを見て、再び歩き始めた速水くんの隣に並び、今度は遅れないように歩き出す。

「なんだ。優しく教えてあげようと思ったのに」

ククッ、と低く笑った速水くんの横顔に、なぜだか喉がキュッ、と鳴る。

こんなふうに意地悪に笑う速水くんを見るのは、初めてじゃないのに。

廊下の窓から差し込んで私たちを照らす夕日が、彼の黒髪をいつもより柔らかそうに見せた。

「……ぜ、絶対に嘘でしょ！　速水くんが優しく教えてくれるなんて、まったく想像できない！」

思わず見惚れてしまっていた自分に気づいて慌てて言葉を押し出すと、視線を前に戻す。

「何、晴山さんは俺が優しくないって言いたいわけ？」

そんな言葉とともに、隣から向けられた視線には気づいていた。

だけど、どうしてか胸と喉の間のあたりがくすぐったくて、私はそちらに顔を向けることができなかった。

自分でも、よくわからないけど。

今は、速水くんと視線を合わせるのが、なんだか怖いと感じてしまう。

今、目を合わせてしまったら、私の中で、何かが変わってしまいそうな気がして。

……って！

こんなことを思うなんて、私、いったいどうしちゃったんだろう。

「ま、俺が優しくないっていうことは自分でもわかってるから、別にいいけど」

私が何も言葉を探せないでいるうちに、速水くんがそう言った。

その声に微かに滲んだ感情に気づいて、思わず合わせられなかったはずの視線を隣に向けた。

「……っ」

速水くんはもう私のほうを見てはいなかったから、視線が合うことはなくて。

……もう、速水くんのバカ。

どうせ、龍也さんと比べて自分は優しくないとかなんとか考えてるんでしょ。

私が言った優しさと、速水くんが今へコんでる優しさは、違うのに。

今までの私だったら、やっぱり自分でわかっていながら冷たくしてるんだ、なんて納得したかもしれない。

でも、私はもう知っちゃったんだよ。

……速水くんが、冷たいだけの人じゃないってこと。

もしかしたら、速水くんは優しいほうの自分に気づいていないのかもしれないな、ってなんとなく感じた。


速水くんのあとをついていって、たどりついたのは音楽準備室だった。

今はほとんど使われていないその部屋は、使い込まれた楽器や譜面が雑然と置いてある。

少し埃っぽいにおいが、どこか懐かしい気持ちにさせた。

日に焼けたクリーム色のカーテンが、速水くんが開けた窓から入ってきた風に煽《あお》られて、ふわりと揺れる。

夏よりも冬に近づいてきた、ひんやりとした秋の風。

「そういえば、生徒会長に立候補してるもうひとりの人って、生徒会の人じゃないよね？」

不揃いに置いてあったイスや机を話しやすいように並べながら、ふいに尋ねる。

さっき、名簿に書いてあった生徒会に立候補する人たちの名前は、ほとんどが知っている名前で、それは前期にも生徒会をしていた人たちばかりだったから。

だけど意外にも、生徒会長に立候補していたもうひとりの名前を見ても、いまいちピンとこなかった。

あまり交友関係が広くない私には、同じクラスになったことがないと、たとえ同じ学年の生徒でも名前と顔すら一致しない人が結構いる。

「……晴山さんって、テストの順位も確認しないの？」

私と同じように、なんとなく居心地がいいように音楽準備室を整えていた速水くん。

だけど、私の質問に手を止めると、ため息交じりにそう言った。

テストの順位？

どうしていきなり成績の話？

……速水くんの言うとおり、順位が貼り出される、学年三十位以内になんて自分は絶対に入っていないから、わざわざ順位の掲示を確認しに行かないけど。

それが、今の話と何か関係あるの？

「……はぁ」

私の表情を見て思考を悟ったらしい速水くんは、もう一度、大きなため息をついた。

ちょっと、そんなに呆れなくてもいいよね⁉

私みたいに順位を見に行かない人だって結構いるはずだし。

速水くんは貼り出されるたびにトップの位置にいるんだろうけど、私には本当に関係ない世界だもん。

　この前のテストだって、真ん中よりちょっと上かな?くらいだったんだから。

　掲示板に貼り出されるなんて、夢のまた夢だよ。

「毎回それなりに順位の変動はあるけど、入学してから今まで、三位までのメンツはずっと同じだよ。成績を少しでも気にして、とりあえずでも順位を確認してる人なら知ってることだと思うけど」

「私だって、一応自分の順位くらいは把握してるもん！　三十位以上なんて上すぎるから、見に行っていないだけで！」

　反論したけど、速水くんは意に介す様子もない。

「それにっ！　私だって、ずっと一位は速水くんだってことくらいは知ってるよ！」

　つけ加えるようにそう言うと、速水くんはやっとため息なしに私を見てくれた。

「……まぁ、今言いたいのはそこじゃないんだけど、晴山さんにさえ知ってってもらえたなんて光栄」

「え、ちょっと。それ、褒めてる?」

　微妙にけなされてるような気がしないでもないんだけど。

　私が眉をひそめて尋ねると、速水くんは「さあね」と笑った。

「話を戻すけど、今回生徒会長に立候補してるのは、いつもテストで二位のヤツだよ。

晴山さんくらいだと思うけどね。あいつの名前も知らないなんて」

ガタン、と音を立てて、速水くんが近くにあったイスに腰をおろす。

その仕草に、なぜか少しの違和感を覚えて、思わず首をかしげた。

……別に、普通に座っただけだよね。

どうして、何かを装ったような、何かを誤魔化すような仕草のように感じられたんだろう？

「あいつって呼ぶなんて、なんだか親しげだね。速水くん、仲いいの？」

速水くんの隣に立ったままそう尋ねると、速水くんはゆっくりと顔を上げる。

いつもは見上げる視線と、逆の方向からぶつかった。

「……全然。ほとんど話したこともないよ」

すぐに視線を外して、速水くんは静かな口調で言う。

――嘘、ついてる。

理由はわからないけど、直感でそう思った。

しかも、確信的に。

……速水くん、何か隠してる。

それはわかったけど、なんだか触れてはいけないような気がして、何も口には出さなかった。

『二−五　須谷《すたに》 要《かなめ》』


さっき名簿で確認した、ライバルの名前を思い出してみる。

ありふれた苗字ではないけど。……うーん、やっぱり私は知らないなぁ。五組っていうことは、私と同じ棟だよね。

どこかですれ違ったりとかはしているかもしれないし、もしかしたら一言くらい言葉を交わしたこともあるのかもしれないけど。

申し訳ないことに、その人に関する情報がまったく思い浮かばない。

顔すらわからないんだけど。

「明日にでも、友達に聞いてみたら。誰に聞いたって、知ってるに決まってるから。知らないことを驚かれるに決まってる」

テストで毎回いい順位に入ってるからって、そこまで言うかなぁ？

速水くんみたいに、トップから落ちたことがなくて、生徒会にも入ってて、しかも顔もイケメンだっていうなら、有名人だと言われても納得できるけど。

「まぁ、それはいいや。選挙まで日もないし、相手を気にしてる余裕なんかないよ」

速水くんはサクッと話題を変えると、近くにあった机にファイルを広げた。

そのファイルを覗き込むと、これから選挙までの二週間にやることのリストと、スケジュールが書いてあるプリントが出てくる。

「晴山さんも去年見たと思うけど、だいたいの候補者は毎朝校門の前に立って恥ずかしいビラ配りをする」

「あ、やっぱりあれ恥ずかしいんだ」

立候補者と推薦人がペアになって、『よろしくお願いしまーす』って大きな声でアピールしてたの、私も覚えている。

肩から候補者の名前を書いた手作りっぽいたすきをかけて、登校してきた生徒に名前と抱負の書かれたビラを配ってたんだよね、たしか。

毎日大変だなぁ、なんて去年まではまるで他人事のように見ていたけど、まさか自分もやることになるなんて、本当に今でも信じられないよ。

「立候補者の大半は今の生徒会の持ち上がりだし、それ以外の人たちだって、今のメンバーが推薦人についているだろうから、みんな経験者。やらなきゃならないこともわかってるし、明日には校門の前に列ができるだろうね」

明日から、さっそく……！

そっか、じゃあ私も明日からは早く学校に来なきゃいけないんだ。

去年までは見ているだけだったけど、今年はそれじゃダメなんだ。

うーん、なんだか緊張してきた。

まずみんな、どうして私が推薦人？って思うよね。

絶対明日、羽依ちゃんから質問攻めにされる。

いつの間に仲よくなったの⁉って……。

「ちょっと、晴山さん。話聞いてる？」

「……へっ⁉」

完全に自分の世界に入っていた私は、呆れたような速水くんの声で我に返った。

……私を見る速水くんの目が怖いです。

「その妄想癖、直したほうがいいよ」

「すいませんでした」

今のは完全に私の不注意だから、素直に頭を下げて謝った。

「……あんたって時々、嫌に素直な時あるよね」

「時々って何！　嫌に、って何っ⁉」

速水くんの言葉に思わず、下げていた頭をガバッ、と勢いよく上げる。

私がいつもはひねくれ者だって言いたいの⁉

そりゃあ、自分が素直ないい子だとは思わないけど。

だからって、ひねくれてるつもりもないんですけど！

「そこ怒るんだ。……なんだ、せっかく褒めたのに」

少し驚いたような顔で言った速水くんに、私のほうが驚いてしまった。

「えっ、褒めてたの⁉」

「褒めてたじゃん」

気づかないなんて心外だ、とでも言いたげに眉を寄せた速水くん。

理不尽！

「……どうせ褒めるなら、もっとわかりやすく褒めてくれたらいいのに」

私が思わずこぼした本音に速水くんはムッとしたようで、さらに顔をしかめた。

「……」

……あれ、速水くん、本気の不機嫌？

もしかして私、調子に乗りすぎた？

怒られる⁉

と身構えたけれど、速水くんは何を思ったのかフッと笑みを浮かべて私を見た。

え、何？

それはそれで怖いんですけど……っ！

「……そういう素直なとこ見せられると、急にあんたとふたりきりなの意識するからやめてほしい」

「っ⁉」

今まで聞いたことがないような低くて優しい声で言われて、カッと顔が熱くなる。

えっ、ていうか、今、速水くん、なんてこと言って……っ！

「……う、あ、えと……」

かあぁ、と自分でも顔が赤くなっているのがわかる。

からかわれてるんだろうな、ってわかってるのに、パニックになってしまって言葉が出ない。

そういうセリフ、本当に言われ慣れていないから、自分でも呆れるくらい免疫がないのに！

不意打ちでそういうこと言ってくるなんて、速水くんってやっぱり意地悪！

「……っ、オイ、なに本気で照れてるんだよ。あんたが不満みたいだったからわざわざ言い直したんだろ⁉」

「だ、だって、まさか速水くんからそんなセリフが出てくるなんて思ってもみなかったんだも……」

顔の熱さが引かないまま、言い返すために恥ずかしくて伏せてしまっていた視線を上げて驚いた。

驚きすぎて、言い返すための言葉も、思わず途中でやめてしまった。

……速水くん、顔、真っ赤。

きっと私のことをからかおうとしたに違いないのに。

私が慣れていないせいでストレートすぎる反応を返しちゃったから、速水くんにも恥ずかしさがうつっちゃったのかな。

速水くんは私の視線に気がつくと、ふいっと顔を背けてしまった。

「……とにかく。明日からビラ配りに俺たちも参戦しないといけないわけ。ビラの原本はもう作ったから、晴山さんはこれ、とりあえず一〇〇枚コピーしてきて」

視線を合わせてくれないまま、速水くんからずいっと渡された紙を見ると、達筆な字で名前と抱負、それに……。

「……クマさん？」

ちょこん、と控えめに描かれた動物らしきイラストに、思わず首をかしげた。

お世辞にも上手いとは言えないそのイラストは、耳や体の形から、なんとかクマだとわかる。

なんていうか、妙にリアル。

いっそ崩しちゃえばかわいいクマになりそうなのに、と思ってしまった。

「……悪かったね、絵心なくて。でも去年はイラスト入りのものが多かったみたいだから。俺なりに頑張って描いたんだけど」

ムスッとした声でそう言った速水くんは相変わらずそっぽを向いたままだけど、耳が赤いのが見えて。

速水くんの思わぬ一面を見たような気がして、なんだかうれしくなった。

「絵心ないなんて言ってないじゃん。味がある絵で、私は好きだよ！」

フフッと思わず笑みをこぼしながら言うと、速水くんは不機嫌そうに私を見た。

「……笑ってる人に言われても説得力ない」

「絵がおかしくて笑ってるんじゃないから！　じゃあ私、コピー行ってきます！」

ガラッ、と音を立てて音楽準備室を出る時に、「じゃあなんで笑ってんの」という声が聞こえた気がしたけど、聞こえないふりをして、廊下を歩き出す。

――コピー、ってことは、印刷室だよね。

あ、その前に職員室で先生の許可が必要なんだっけ？

「フフッ」

右手に持った紙を見ると、こちらを見つめる男前なクマと目が合う。

速水くんが描いたってことを知らなければ、愛嬌《あいきょう》のないキャラクターに見えると思うのに。

どうしてだろう。

さっきの速水くんを思い出すと、このクマがかわいく見えてしょうがない。

「……ヘンなの！」

放っておいたらこぼれてしまいそうになる笑顔を必死で抑えながら、私は軽い足取りで職員室へと向かったのだった。


「よろしくお願いしまーす！」

　翌朝、七時三十分。

　いつもより三十分も早く登校した私は、速水くんの隣でビラ配りをしていた。

　速水くんが言っていたとおり、他の立候補者も同じように元気のいい声と一緒に各々で用意したビラを配っている。

　初日ということもあって、登校してきた人たちの物珍しげな視線を受けながら、私も恥ずかしさを押し込めてなんとか声を出す。

「えっ、明李!?」

「えへへ……、羽依ちゃん、おはよう。よろしくお願いしますっ」

　案の定、校門に私を見つけた羽依ちゃんは、驚いたような顔で声を上げた。

　羽依ちゃんの他にもクラスメイトの何人かに声をかけられて、笑って恥ずかしさを誤魔化した。

　刷ったビラは途中で配り終えてしまったから、最後のほうは声かけだけ。

　もともと、あんまり大きい声を出すのは得意なほうじゃない。

　だから、朝のホームルーム前に校門前から退散するころには、喉がカラカラになっていた。

「そういえば、もうひとりの会長立候補の人、来てなかったね」

下駄箱で靴を履き替えながら、ふとそう思って口にすると、速水くんも「そういえば」と頷いた。

「準備、間に合わなかったのかなー……、きゃっ⁉」

先に上履きに履き替えて私を待っていてくれていた速水くんのところに歩き出して、すぐ。

急に、後ろから腕を引かれた。

強い力に抗えず、私の体は後ろに倒れ、やがてポス、と何かに背中が着地した。

「⁉」

何が起きたのかわからず動けないでいると、前にいる速水くんも驚いたような顔をしていた。

「……この子、速水の推薦人？」

すぐ後ろから聞こえてきた低めの声は、男子のもの。

そしてその言葉は私ではなく、速水くんに向けられていることを、いつにも増して動きが鈍くなっている頭でもなんとか理解できた。

ていうか、何⁉

何が起きてるの⁉

腕をがっちり掴まれていて、身動きがとれない。

私はいったい誰に掴まれているのだろう。

「あの、離し……」

「……」

私が最後まで言う前に、速水くんが一歩、近づいてきて。

腕に新たな力が加わったと同時に、私の体が今度は前に傾く。

速水くんが無言のまま、容赦のない力で私の手首を引き、体を引き寄せたから。

「速水く……」

「なんの用」

またも私の言葉は遮られてしまった。

今度は、聞いたことがないくらい冷たい、速水くんの声に。

「いや、別に速水にケンカ売りに来たわけじゃないし、そんな怖い顔するなよ」

背後から聞こえた、苦笑交じりの声。

それと同時に私の手首を掴む速水くんの手に、異常なくらい力が込められて驚いた。

ようやく私は後ろを振り返ると、そこにいたのは背の高い男子。

……すごく整った顔をしてる。

着崩された制服に、明るい茶色に染められた少し癖のある髪。

速水くんとはタイプの違うイケメンだ。

モテそう。

「ただ、その子に声かけようとしただけじゃん」

ぼんやりとしていた私は、彼の言う『その子』が私であることに気づくまで、かなり時間がかかった。

私に声をかけようとしてた？

えっ、なんで？

あっ、もしかして私、何か落とし物でもした？

思わず自分の足元に視線をやった私に、いつもなら絶対に呆れた表情を浮かべて、ため息をつく速水くん。

だけど今は、険しい顔をして目の前の男を睨んでいた。

……なんなの、この険悪な雰囲気。

「晴山さんは、おまえのこと知らないって言ってたけど」

「……え？」

速水くんと、こんなイケメンくんの話なんてしたっけ？

はて、と私が不思議に思っている間に、イケメンくんはまた、苦笑をこぼした。

「いや、知らないのも無理ないって。俺、彼女と話したことないし」

「じゃあ、ますますなんの用？」

とがった口調のまま速水くんがそう言うと、イケメンくんはふいに私のほうに視線を向けた。

……いくら速水くんのきれいな顔で、イケメンには多少慣れているとはいえ。

やっぱり、カッコいい人に見つめられるとドキッとしちゃうんですけど……！

速水くんの言うとおり、どうして私に声をかけてくれようとしたんだろう。

そう思って、私はためらいながらも整った顔を見つめ返す。

すると、イケメンくんはしばしの間、ジッと私の目を見たまま何も言わずにいた。

何この沈黙、と思いつつ私も何も言えないでいると、ふいにイケメンくんがふわりと笑った。

「あー、やっぱりかわいい」

「⁉」

えっ⁉

イケメンくんの口から出た言葉の意味を信じられずに、ポカンとしてしまった。

だって。

か、かわいいって言った？

さすがに速水くんに対してそんなこと言うわけないし……、私に言ったんだよね？
かわいいって……、私が⁉

「〜〜〜⁉」

言葉にならない声を発していると、速水くんが私を自分の体の後ろに隠すように一歩前に出た。

掴まれた手首に入った力が強くなって、その力に驚いた私は、ようやくパニック状態の頭が落ちつきを取り戻していくのがわかった。

「須谷。適当なこと言わないでくれる」

「ちょっと、適当って‼」

速水くんひどいよ⁉

そりゃ、私だって、自分が初対面の人に『かわいい』なんて声をかけられるような顔のつくりをしていないことくらいわかっているけど。

でも、そんな言い方なくない⁉

……って、あれ？

今、何かもっと反応しなきゃいけないセリフがあったような……。

「……えっ！　す、須谷くん⁉」

須谷、って、須谷要くん⁉

と、いうことは。

この人が、速水くんと生徒会長の座を争う人なんだ……！

驚いて目を見開いた私を見て、須谷くんは苦笑をこぼす。

ホントに知らなかったんだ、と須谷くんの呟きを聞いて、私はなんだか申し訳なくなってしまった。

さっきまでは、速水くんくらい誰もが知ってる有名人、なんてそうそういるはずない、って思っていたけど。

……うん、私が間違っていたみたい。

こんなにカッコいい人、絶対みんな知ってる。

思わずそう思ってしまうくらい、須谷くんはイケメンオーラに溢れていた。

「ご、ごめんなさい！　私、交友関係が異様に狭くて、同じ学年でも知らない人ばかりで……！」

思わず言い訳を口にしたら、須谷くんはニコッと笑った。

「いいよ、謝らなくて。さっきも言ったけど、俺たち話したことなかったんだし、知らなくても無理ないって」

さっぱりとした、だけど優しげな口調でそう言った須谷くん。

その優しさに、ジーンとしてしまった。

本当、我ながら自分の情報収集能力の低さに呆れちゃうよ。

こんなに優しくてカッコいい人のことを知らなかったなんて！

「でも、俺はずっと晴山さんのこと、知っていたし、仲よくなりたいって思ってたんだ。選挙では敵同士になっちゃうけど、晴山さんと知り合えてうれしいよ」

よろしくな、と言って笑った須谷くんに、私はびっくりしながらも「こちらこそよろしくお願いします」と小さく頭を下げた。

こんな地味で目立たない私のことも知っていてくれたなんて、須谷くんってすごくいい人！

「はぁー、でも、速水の推薦人が晴山さんだなんて落ち込む。晴山さん、人前に立つのとか嫌がりそうだなーって思ってたけど、そうじゃないなら俺が頼めばよかった」

はぁ、と本気で残念そうに言う須谷くん。

——その時だった。

「ふーん、須谷は私じゃ不満なんだ」

須谷くんの背後から、低めの女の人の声が聞こえた。

その声に聞き覚えがあって、私は背の高い須谷くんの横からその声の主を確かめようと顔を出す。

その拍子に、さっきまで私を掴んでいた速水くんの手がスルリと手首から離れていった。

「……陽」

「志賀先輩……！　あっ、いや、そんなわけないじゃないですか。志賀先輩に推薦人をしていただけるなんて、ホントに光栄ですよ」

――須谷くんの背後から現れた志賀先輩を見て、思わず、といった様子で速水くんが先輩の名前を呼んだのと、慌てたように須谷くんが弁解の声を上げたのは、ほとんど同時。

須谷くんの声のほうがずっと大きかったから、速水くんが志賀先輩の名前を呼んだ声は、きっと私にしか聞こえていない。

「志賀先輩が、須谷くんの……」

須谷くんの言葉に思わず私が言うと、それを聞いた志賀先輩がニコッと笑った。

「そうなの。まったく、このいろいろ忙しい時期に、須谷がどうしてもって言うから引き受けたのに。晴山さんのほうがいいなら、頑張って遥斗から奪えば？」

「いやいや、奪うって」

なに言ってるんですか、と私が笑い飛ばそうとしたのに、須谷くんは「奪ってもいい？」なんてからかってくるから、困ってしまった。

「……行こう、晴山さん」

低い声とともに、グイッ、と急に横から手を掴まれた。

驚いてそちらを見ると、速水くんが険しい顔をして私を見ていて。

それが少し苦しそうな表情にも見えたから、驚いて目を見張る。

「速水く……」

「もうホームルーム始まるから、俺たちはこれで」

投げやりな口調で、須谷くんと志賀先輩に告げた速水くんは、ふたりの返事も聞かずに歩き出す。

背中に「またね」とふたりの声を受けて、私は首だけ後ろに向けると、ペコリと小さく頭を下げた。

すたすたと足早に進んでいく速水くんに、歩く速度を緩めるそぶりはまったくない。

「ちょ、ちょっと、速水くんっ！」

私よりずっと足が長い速水くんについていくには、駆け足になるしかなくて。

それでも頑張ってついていこうとしていた私だけど、さすがに辛くなってきて、速水くんを呼んだ。

……つい最近まで、一番心の読めない人だった。

何を考えているのか、全然わからなかったし、わかろうともしていなかった。

でも。

少なくとも今は、速水くんの気持ち、すごくわかるよ。

速水くんが傷ついてるの、わかる。

志賀先輩と戦うことになるなんて、私だって思っていなかった。

私はその驚きだけだったけど、きっと速水くんにとっては、それだけじゃなくて。

きっと、志賀先輩が自分じゃなくて須谷くんの隣にいることがショックだったんだ。

「速水くん！」

私の声はどうやら聞こえていないらしい。

何度呼んでも、速水くんは歩調を緩めてはくれなくて。

「速水く……、わあっ!?」

もう一度速水くんを呼んだ私は、さっきまで勢いよく歩みを進めていた速水くんが唐突に立ち止まったことに対応できず、彼の背中に思いきりぶつかってしまった。

な、なんで急に立ち止まるの!?

速水くんってホントに極端！

志賀先輩のことで頭がいっぱいで、ぼんやりしちゃうのはわかるけど。普通、立ち止まる前に少しくらいスピード緩めるよね!?

「もう、急に立ち止……」

速水くんの背中に思いきり額をぶつけた私は、恨めしげに速水くんを見上げ、文句のひとつでも言ってやろうと口を開いた。

……けど。

「……速水くん？」

見上げて見えた速水くんの表情は、私が想像していたような、傷ついたようなものではなくて。

整った眉をキュッと寄せた、考え込むような厳しい顔。

その表情がなんだか意外で、私は思わず出かけた文句を引っ込めて、もう一度、名前を呼んだ。

どうしたの、と尋ねる前に、ふいに速水くんの視線が私に向く。

上から見おろされるように注がれる視線はいつもと変わらないはずなのに、どうしてか自分から目を逸らすことができなかった。

「……」

速水くんが何も言わないから、理由のわからない沈黙が訪れて。

向けられた視線の理由もわからないから、私はどうしたらいいのかわからなくて、だけど目を逸らそうとしてもできなくて。

「え、っと」

口にしたその場しのぎでしかない意味のない声は、ホームルームが始まる直前の誰もいない廊下に反響して、嫌に大きく自分の耳に返ってきた。

私のことをたしかに見ているはずなのに。

私がこれ以上ないくらい困った顔をしていることにだって気づいているはずなのに。

なのに、速水くんはしばらく何も言わず、私のことを逃がしてはくれない。

居心地が悪いのに、今すぐここから逃げ出したいと思うのに、自分からは動くことができないのはどうして。

速水くんは私のことを見ているけど、それは決して威圧感を感じる視線ではないのに、どうして捕らわれたような感覚になるんだろう。

「……」

何も言えないまま時間だけが進んでいき、やがてホームルームの開始を告げるチャイムが鳴った。

……行かなきゃ、ってわかってるのに――。

「あー、……ムカつく」

厳しい顔をしたままの速水くんが、ぽつり、そんな言葉をこぼした。

……ムカつく？

「はい？」

え。いきなり何？

ムカつくって、私に言ってるの？

って、ここには私と速水くんしかいないんだから、そうに決まってるよね。

もちろん速水くんに好かれてるなんて思い上がったりはしていないけど、わざわざそんな刺々しい言葉をかけられるほど嫌われているとも思っていなかった。

……そりゃあ、前までは、私だって速水くんのことが苦手だったし、速水くんだってきっと私のことをよくは思ってないんだろうなって、思ってたよ。

でも、最近は一緒にいる時間も増えて。

冷たいだけだと思っていた速水くんが、じつは優しい人だっていうことも知って。

志賀先輩を想う速水くんは本当にまっすぐで、私もこんなふうに想われてみたいな、なんて思ってしまうほどで。

一緒にいるうちに。

速水くんの知らなかったところを知っていくうちに。

いつの間にか、私の中では速水くんに対する苦手意識は薄れていって、むしろ――。

「……っ！」

思わず、手のひらで口を押さえた。

……私。今、何を考えてた？

っていうか私、いつの間にこんなに速水くんのこと――。

「本当ムカつく。自分が」

私の思考を遮ったのは、再び呟くような声で頭上から降ってきたどこか悩ましげな速水くんの言葉。

……あ、私じゃなかったんだ。

よかった。

「自分がムカつく、って、どうして？」

彼の言葉が自分に向けられたものではないことに安心して、私は尋ねた。

すると、なぜか向けられた速水くんの恨めしげな視線。

戸惑ってその目を見つめ返すと、今度はため息をこぼした速水くん。

もう、いったいなんなの？

人の顔を見てため息なんて、失礼すぎ。

「……晴山さん、俺の好きな人、知ってる？」

「はい？……何、速水くんどうしちゃったの？　今さらそんなこと聞いて。志賀先輩でしょ？」

なんの脈絡もない速水くんの質問に、私は戸惑いながらそう言った。

ていうか、私の質問はスルーですか。

「だよね。……はぁ」

だよね、って、その相槌はおかしくない？

それに、またそんなに大きなため息ついて。

どこか悩ましげな雰囲気を漂わせた速水くんの様子に、私はなんだか心配になってきてしまった。

「速水くん、なんか変だよ？……あ、もしかして疲れてる？　そうだよね。まだ生徒会の引き継ぎとかもあるだろうし、大変だよね。体調は？　大丈夫？」

熱があるわけじゃないよね？と、思わず速水くんに掴まれている手とは逆の手を、彼のほうに伸ばした。

「っ⁉」

速水くんはなんだか驚いたような顔をしていたけど、私は構わず手を近づける。

そして、速水くんの額に触れた手のひらは彼の温かさを感じたけれど、熱があるほどの熱さではなかった。

「んー、そうだよね、こんなにいきなり熱が出るとか、そんなわけないよね」

さっきまで元気だったしね。

うん、具合が悪いのかも、なんて私の思いすごしだったみたい。

ホッとして息を吐いた私は、手を引っ込めようとしたけれど。

「⁉」

速水くんの額から離した手が、もとの位置に戻る前に、動きを止めた。

……パシッ、という軽やかな音とともに、彼の手が私の手首を掴んでいたから。

「……え」

もともと片手は掴まれていたから、今は両手を掴まれている状態で、完全に腕の動きを封じられてしまった。

「は、速水くん？　何？　どうしたの？」

「晴山さんって」

私の手を掴んだまま、私を見おろしてくる速水くんの顔は、どこか苦しそうで。

私を映すまっすぐな瞳は、勘違いかもしれないけど、切なげな色をしているように見えた。

キュッと眉を寄せたその表情は、今まで何度も見てきた。

……でも。

その切ない感情の原因は、いつだって志賀先輩だったから。隣にいるのは私でも、速水くんの強い気持ちの先にいるのは、私じゃなくて志賀先輩。

だから。

速水くんの切なそうな色をした視線を向けられて、心臓がギュッとなったのも、どうしてか泣きそうな気持ちに駆られたのも。

今が、初めて。

「晴山さんって、もっと単純だと思ってたのに」

「……え？」

「なんでだろ。……今は、陽より難しい気がする」

フッと小さく笑って速水くんはそう言うと、私の両手をするりと解放してくれた。

——単純とか、難しいとか。

どういう意味？

「……じゃあ、また放課後」

私が速水くんの言葉の意味を尋ねる前に、速水くんはくるりと身を翻すと、教室のほうへ歩いていく。

私の教室とは逆方向にある速水くんの教室。

速水くんの言葉の意味は気になったけれど、追いかけて問いただすわけにもいかず、ひとつ息を吐いて、私も自分の教室のほうへ歩き出した。

すぐに言葉が出てこなくて、速水くんに尋ねることができなかったのは。

志賀先輩より難しい、という言葉に、どうしてか心臓がドキンと脈打って。

掴まれた手首が。

私をまっすぐに見据えた切なげな瞳が。

すごく、熱く感じて。

「……」

ドキドキ、して。

自分の鼓動に戸惑ってしまっていたから。

……ドキドキ、なんて。速水くんに対してそんなふうになるなんて、絶対にありえないって思っていたのに。

「……まだ、大丈夫、だよね」

まだ、大丈夫。まだ、戻れる。

ドキドキしたなんて、きっと気のせい。

いつもと違う速水くんに、ちょっとびっくりしちゃっただけ。

「……うん。大丈夫」

――あんなに苦手だったんだもん、簡単に好きになんてならないよ。

ましてや、叶う望みのない恋なんて、そんなの辛いだけ。

自分を納得させるように呟いて、私はたどりついた教室のドアを開けた。

本性と本心

立候補者が発表されてから、生徒会役員選挙の投票日までは二週間。

そして私の学校では最終投票の一週間前に、中間投票というものがある。

中間投票は強制じゃなくて任意投票だから、必ずしも生徒の総意とは言えないかもしれない。

去年は信任投票だったし、中間投票をやる意味もよくわかっていなかった。

私自身、去年の中間投票は結果なんて全然気にも留めていなかったし。

……でも、今年は違う。

「明李、中間投票の結果出てるって！」

「えっ⁉」

中間投票日の次の日。

昼休みに、飲み物を買いに行った羽依ちゃんをお弁当を広げて待っていたら、教室に戻ってきた羽依ちゃんが興奮したように私のところに駆け寄ってきて。

羽依ちゃんの言葉に、私も慌てて立ち上がる。

ガタン、とイスが大きな音を立てて床を叩いた。

羽依ちゃんと向かったのは、立候補者の名前が貼り出されていたのと同じ掲示板。

私たちがたどりつくころには、掲示板の前には結構な人だかりができていた。

そっか。

生徒会長の座を争うのがあの有名なふたりだもん。関心が高いのも頷ける。

ここだけの話、須谷くんについては羽依ちゃんからいろいろ教えてもらうことが多くて、改めて自分の情報収集能力の低さに落ち込んだんだけど……。

「すいません、すいません」

人の間をすり抜けるようにして、背が高くない私でも掲示板が見える位置までなんとかたどりついた。

えーっと、投票率は七十パーセント……。

って、中間投票のわりに投票率高っ！

いつもは半分もいかないのに……。

投票率の高さに驚きながら、その下の数字を見る。

「あー……、まじかぁ」

隣から、羽依ちゃんのそんな声が聞こえた。

速水くんと上下並んで書かれた須谷くんの名前。

その横に記された得票数は須谷くんのほうが、ほんの少しだけ多い。

「……」

あんなに毎日頑張って呼びかけをやって。

今までの生徒会での速水くんの実績もある。

成績だっていいし、整った容姿から人気だってあると思う。

……負けるわけないって、心のどこかで油断してた。

私は結果に呆然としたまま、羽依ちゃんに連れられて教室に戻ってきた。

「ど、どうしよう。……やっぱり私のせいだよね？　須谷くんの推薦者、志賀先輩だもん。絶対そこで差が出たんだよ……！」

席についてもお弁当を口にする気にはなれず、思わずマイナス思考をそのまま言葉にしてしまう。

すると、向かい合わせに座って少し考えるような顔をしていた羽依ちゃんは、おもむろにポケットからスマホを取り出した。

何度か画面を指で操作して、そして私にそのスマホを渡してくる。

「こういうの、あんまり気にしないほうがいいと思って明季には言わなかったんだけど、これ……」

「え……？」

なんだろう、と思いながら羽依ちゃんからスマホを受け取って画面を見ると、メッセージアプリのトーク画面だった。

何人かのグループトークのようで、羽依ちゃん自身のコメントはほとんどなく、入れ替わり立ち替わり、たくさんの人が発言している。

読んでいいのかな、と戸惑っていたけど、【生徒会長の選挙、どうする？】というコメントがふいに目に飛び込んできて、目が離せなくなった。

【俺は断然、須谷】

【なんで？】

【速水が嫌いだから。なんか上から目線じゃね？】

【あー、まぁとっつきにくいとこはあるわな】

【あと志賀先輩じゃん、須谷のサポート】

【たしかに、それはポイント高い】

【晴山ってなんか頼りないもんな～（笑）】

そこからしばらく、速水くんがすかしてるから嫌だ、とか、私がぱっとしない、とか、そんなコメントが並んでいて。

そして【そういえば】と誰かが違う話題を振ったら、あっさり選挙の話は終わっていた。

「……」

何も言葉が出てこないまま、私はスマホを羽依ちゃんに返す。

「ご、ごめんね。ショックだよね？　これ、野球部のメッセージグループで……。中間で負けた理由が何もわからないよりはもしかしたら役に立てるかも、って思ったんだけど……」

黙ったままの私に、羽依ちゃんは焦ったように言った。

私は痛みを我慢して、一度、大きく息を吸う。

「……ううん。大丈夫。羽依ちゃんのそういうとこ、好き。私のことを思って教えてくれたんだよね。ありがとう」

――もちろん、ショックだよ。

速水くんのこともそうだし、自分の嫌な部分を指摘されたら、傷つくに決まってる。志賀先輩と比べられること自体嫌だし、比べられた上にマイナスなことを言われたら、敵わない相手とわかっていてもショックだ。

私が頼りない性格なのは本当だし、志賀先輩と比べて私に勝てるところなんてひとつもないってことくらいわかっているつもり。

でも、いざ他人に指摘されると、やっぱり落ち込むよ。

……だけど、羽依ちゃんだって、あのトークを見たら私が傷つくだろうってわかっていたと思う。

それでもこうやって、役に立てるなら、って傷つける覚悟をしてくれた。

それってすごいことだと思う。

誰かを傷つけることって、勇気がいることだもん。

私のことを大事に思ってくれているからこそ、知らないふりをしないでちゃんと教えてくれた。

羽依ちゃんのそういうところ、尊敬するし、大好きだなぁって思うの。

私、羽依ちゃんの言うとおり、どうして速水くんが負けたのか見当もついていなかった。みんなにとって速水くんが、そして私が、どんなふうに見えているのか、全然わかっていなかった。

もちろん、須谷くんに票を入れた全員が野球部の人たちと同じ理由――、速水くんが嫌だからという理由で、須谷くんに投票したわけじゃないことくらいわかっている。

でも、こういう意見があるんだってこと、知っておいて絶対に損はない。

もちろん傷は負ってしまうし、傷つく覚悟は必要だけど。

そういう場所で戦うと決めたのは、私自身だ。

せっかくの羽依ちゃんの勇気を、優しさを、受け入れて武器にしていかなくちゃ。

「……私、志賀先輩に負けないように頑張る」

私が志賀先輩と対抗する意味はないかもしれないけど、私と志賀先輩が比べられて、その結果が速水くんの足枷《あしかせ》になるなら、頑張るしかないもん。

言うまでもなく、私と志賀先輩を比べたところで、結果なんて目に見えているけど。

でも、少しでも速水くんの負担は減らさなきゃ。

私が頑張れるところは頑張らなくちゃ。

「明李。……無理はしないでね」

心配そうにそう言った羽依ちゃんに、私はニコッと笑ってみせた。

「うん、ありがとう、羽依ちゃん」

大丈夫。

志賀先輩に対抗できるくらい私が立派になるには、ものすごく努力と時間が必要な気がするけど。

でも、速水くんに対するみんなの印象を変えるのは、そんなに難しくないんじゃないかなって思う。

だって、私も少し前まで速水くんのこと、野球部の人たちと同じように見ていた。

それって、きっと速水くんがいろいろできすぎるせい。

大人に見えるせい。

そのせいで上から目線とか、そんなふうに思われちゃうんだと思う。

だけど私、一緒にいたらわかったの。

速水くんも完璧な人なんかじゃなくて。

悩んだりもするし、苦手なことだってあるし、落ち込んだりもする。

だから、みんなにちゃんと速水くんのことを知ってもらえたら。

遠巻きじゃなく、等身大な速水くんのことを知ってもらえたら。

きっと速水くんのことを応援してくれる人、増えると思うんだ。


「おつかれ」

放課後。

選挙に向けた準備が始まってから、音楽準備室で放課後を過ごすことが当たり前になっていた私は、今日も迷うことなくそこへ向かう。

ガラッ、と少し錆《さ》びた音を立ててドアを開ければ、すでに窓際の席に速水くんは座っていた。

いつからかそこが速水くんの定位置になっていて、そしてほとんど毎日、速水くんは私より先に来てそこに座っている。

「……？」

いつもなら遅れて入ってきた私に、「おつかれ」って声を返してくれるのに。

作業中でも手を止め、顔を上げて、私のほうを見てくれるのに。

今日は、ぼんやりと窓の外を眺めたまま、速水くんはなんの反応もしてくれない。

――どうしたんだろう。

そう思って、私は静かにドアを閉め、彼の前まで歩みを進める。

「速水くん！」

「っ⁉」

ずいっ、と彼の視線に割り込んでみると、速水くんは本気で驚いたようで、びくっと体を震わせ、目を見張って私を見た。

え……。

もしかして、私がここに来たこと、気づいてなかった？

「……本気でびっくりしたんだけど。驚かすなよ」

不機嫌そうに眉を寄せてそう言った速水くん。

私は少し驚きながらも、ごめん、と軽く謝って、速水くんと向かい合わせにくっつけてある席についた。

「驚かすつもりはなかったんだけど。……ていうか、速水くんがぼーっとしてるなんて珍しいね」

「別に、ぼーっとなんてしてない。晴山さんじゃあるまいし」

つんとした返事に、私は思わず苦笑してしまった。

速水くん、今日は機嫌が悪いなぁ。

「もう。……あ、そうだ。飲み物買ってくるけど、速水くんも何か飲む？」

教室からここに来るまでの間に買おうと思ってたのに、すっかり忘れていた。

午後の授業を受けている時から、ずっとオレンジジュースが飲みたくてしょうがなかったんだよね。

私はカバンの中から財布を取り出して、速水くんの返事を待つ。

少し考えるような表情だった速水くんが呟くように「コーヒー」と結論を出したのを聞き取って、私は席を立った。

「ブラックだよね。ホットでいい？」

「ん」

無愛想なままの速水くんに、「了解！」と笑いながら私は音楽準備室を出ると、自動販売機に向かって歩き出した。

音楽準備室は私の教室からは離れているけど、購買や自動販売機が同じ階にあるから使い勝手はいいほうだと思う。

「えーっと、オレンジと、コーヒー……」

自販機まで来た私は、カランと小銭を入れて、自分用の紙パックのオレンジジュースと、速水くんのブラックコーヒーのボタンを押す。

飲み物ふたつをかがんで取ってから、お釣りを掴もうとしたら、掴み損ねた一〇〇円玉が手から滑り落ちて、床をコロコロと転がっていってしまった。

「わわっ」

慌てて手の中の釣り銭を財布に入れ、転がっていった一〇〇円玉を追おうと後ろを振り返った瞬間。

「きゃっ⁉」

ドンッ、と勢いよく誰かにぶつかってしまい、私は思わず声を上げていた。

「す、すいません！」

相手が誰かもわからないまま慌てて謝って顔を上げる。

「いや、俺のほうこそごめん。大丈夫？」

「えっ、あ、須谷くん……！　えと、私は大丈夫だよ。ぶつかっちゃってごめんね」

顔を上げた先にいたのは、申し訳なさそうな表情をした須谷くんだった。

驚いて、落ちつきのない返事をしてしまった。

あー、もう、恥ずかしい！

須谷くんは、初めて言葉を交わして以来、こうして偶然会った時には声をかけてくれるようになった。

生徒会長の座を争うライバルだというのに、そんな空気を微塵も感じさせずに、フレンドリーに接してくれる。

あまりに気さくに話しかけてくれるものだから、初めは戸惑ってしまったけれど、今ではそんな彼の距離感にもすっかり慣れていた。

「はい、これ」

須谷くんはそう言って、自分の足元に転がっていた一〇〇円玉を拾い上げると、にっこり笑って私に差し出してくれる。

「ありがとう」

「……それ、速水の分？」

お礼を言って、受け取った一〇〇円玉を財布にしまっていると、ふいに須谷くんが私の手にある飲み物を見てそう言った。

どうしてわかったんだろう、と心の中で首をかしげつつ自分の手元を見て、納得。

そっか。二本持ってるからか。

「うん、コーヒーは速水くんのだよ」

笑ってそう答えると、須谷くんは「そっか」と微笑んだ。

「……あのさ、晴山さん」

少しの沈黙のあと、須谷くんが口を開いた。

「何?」

——なんだろう。

先ほどまでの柔らかい空気が変わったような気がする。

どうしてそう感じたのか自分でもわからないまま須谷くんの次の言葉を待っていると、彼は私から一度も視線を外すことなく、

「中間投票の結果、見た?」

と聞いてきた。

「……え?」

まさか直接そんなことを言われるなんて思っていなかったから、驚きで目を見開いてしまう。

……だって。

須谷くん、どうしてそんなことを聞くの?

余裕を見せるため?

自慢?

挑発?

……ううん、なんだかどれも違う気がする。

須谷くんのことはよく知らないけれど、彼をサポートしている志賀先輩のことなら、少しはわかっているつもり。

志賀先輩なら、中間投票で勝ったからといって、それを誇示するような真似は絶対にしない。

きっと、そんなことをする人のサポートだってしないはず。

……だとしたら、どういう意図？

「……う、うん。見たよ」

須谷くんがいったいどうしてこんなことを聞いてくるのかはわからないけど、ずっと黙っているわけにもいかずに私はそう答えた。

すると、須谷くんは小さく笑みを浮かべる。

「晴山さん、びっくりしたんじゃない？　……速水が負けるなんて、って」

「……」

え、何？

本当に須谷くん、何が言いたいの？

目の前にいるのが、いつもの優しい須谷くんじゃないようで、私は思わず一歩下がって彼から距離をとっていた。

私の無意識のそんな行動に、須谷くんは苦笑をこぼす。

「そんなに怖がらなくても。晴山さんに避けられると、俺、結構傷つくよ？」

「怖いわけじゃないよ。……でも、なんだろう。いつもの須谷くんじゃないみたいで驚いちゃって」

そう言いながら、少しの嘘が混ざっていることは自分でもわかっていた。

驚いた、というより。

須谷くんの言うとおり、少し怖かった、のほうが正しいような気がする。

「それ、本気で言ってる？」

笑みを浮かべたままの須谷くんに……。

平然と私の嘘を見抜くような須谷くんの言葉に私はギクッとしたけど、怖いなんて言ったら私の負けのような気がして、まっすぐに彼の目を見つめ返す。

「ほ、ホントだよ！　須谷くんのことを怖いって思う人なんていないでしょ？」

慌てて取り繕ったけど、もしかしたらそれすら須谷くんにはバレバレなのかもしれない。

だけど、須谷くんはそれ以上追及はせず、「ならいいけど」と笑っただけだった。

「晴山さんにとって、速水は絶対的な存在なのかもしれないけどさ。……俺、勝つ自信あるから」

「なっ……!?」

「事実、このままいけば俺の勝ちでしょ？」

にっこり笑って私を見る須谷くん。

……やっぱり、いつもの優しい須谷くんじゃないよ。

「……負けないよ。中間はあくまで中間だもん。本番は一週間後でしょ？　本番は絶対に速水くんが勝つから」

キッ、と私なりに精一杯の反抗心で須谷くんを睨む。

すると、須谷くんは一瞬驚いたような顔をしたけれど。

「あはは、晴山さんは本当にかわいいね」

すぐに笑ってそんなことを言うものだから、今度は私のほうが驚いてしまった。

「……はい？」

何を言ってるの、この人……！

そりゃあ、いつもだったら驚いて照れちゃうと思うけど。

今、この場面には似つかわしくない言葉だってことくらい、いくら私でもわかるよ。

こんな時にかわいい、なんて。

私のこと、バカにしてるの？

「なんでそんなに速水のことを信じてるの？　晴山さん、去年まであいつと仲悪かったよね？」

「それは」

「晴山さんだって知ってるはずじゃん。あいつのことをよく思わない人は大勢いるってこと」

言いながら、一歩、私のほうに近づいてきた須谷くんに、私は反射的に一歩後ずさった。

「……でも、そういうふうに思う人だけじゃないってことも、私は知ってるから」

「晴山さんみたいに？」

「そうだよ。少なくとも私は、速水くんのことを応援してる。生徒会長になってほしいって思ってるし、絶対なれるって思ってる」

また一歩、近づかれた距離に、私はまた、その分だけ距離をとる。

だけど、少しずつ距離を詰めようとしてくる須谷くんから後ずさって、やがて私は背中がトンと壁に当たったのを感じ、もう下がれないことを悟った。

「……絶対、ねぇ」

面白がるような口調の須谷くん。

なんて失礼な人なの⁉

「絶対、負けないよ！」

間近に見る須谷くんは、やっぱりとても整った顔をしている。

近づかれた距離に対する戸惑いや嫌悪感を精一杯隠して、私はまっすぐに須谷くんを見上げた。

「……そこまで言うなら、賭《か》けをしようよ」

しばらくお互いに視線を合わせたままの沈黙が続いた。

それを破ったのは、須谷くんのそんな言葉。

「え？……賭け？」

思いがけないセリフに、私は思わずきょとんとしながら聞き返してしまった。

そんな私に、須谷くんはクスッと笑う。

「そう。賭け」

にっこり笑った須谷くんに、私はなんだか嫌な予感がした。

賭け、なんて。

やったことがないのに、それが自分には絶対向いていないと、なんとなくわかっちゃうのはどうして……⁉

「俺が勝ったら、晴山さん、俺と付き合ってよ」

「……は」

付き合う……。

え⁉

「な、なに言ってるの？」

付き合うって。

彼氏彼女になる、ってこと……、だよね？

いやいや、意味がわかんないよ。

人気者で、女の子にもモテモテに違いない須谷くんが、どうして私なんかを彼女にしようとするの？

え、私、またからかわれてる？

「こんな時まで冗談を言うなんてひどい。私は真剣に……」

「俺だって真剣だよ」

私の言葉を遮った須谷くんの声の強さに驚いて、私は目を見開いた。

真剣、って。

本当に、選挙で須谷くんが勝ったら私のことを彼女にするつもりなの？

え、でも。

恋人って、勝ち負けで決めるもの？

——ふいに脳裏に浮かんだのは、速水くんが志賀先輩を見つめる時の切なげな顔だった。

……うん、やっぱり違うよね。

速水くんがあんなに真剣に向き合っているものを、私が軽んじていいわけない。

こんなの、間違ってる。

「……嫌だよ、そんなの。私、そういうことはしたくない」

至近距離で見つめられ、なんだか断りにくい空気だったけど、私はなんしかそう答えた。

すると、須谷くんは少しだけ、首をかしげる。

「ふぅん。ホントは俺に勝つ自信、ないんだ？」

「……はい⁉」

どうしてそうなるの⁉

私が言いたいのは、そういうことじゃなくて……っ！

ああ、もう！

いつだったか、速水くんにも語彙力のなさをバカにされたけど。

私って本当に説明下手だったんだ。

どんどん私の予想とは違う方向に話が転がっていく。

「私はそういうことを言ってるんじゃなくてっ」

「だって、結局は速水が勝てばいいだけの話だろ？　断らなくたって、晴山さんの言うとおり速水が勝つなら、何も問題ないじゃん」

私の言葉を遮って、さらっとそう言った須谷くんに、私は何も言い返すことができなかった。

「〜〜〜っ」

言葉を詰まらせた私に、須谷くんはにっこり笑う。

「……じゃ、決まりだね。選挙の前までに、俺が負けた時の賭けの内容も決めといて。まぁ、俺が負けるわけないけど。俺にできることならちゃんとやるから」

「そんなの……」

何もないよ。

須谷くんにやってほしいことなんて、何もない。

「じゃあ、そういうことでよろしく。……明李」

「!?」

スッと私から離れた須谷くんは、なんでもないことのように私の名前を呼んで、去っていった。

「……っ」

なんなの。

なんなの、なんなの‼

去っていく須谷くんの後ろ姿が見えなくなって、私は持っていたふたつの飲み物を胸の前でギュッと抱きしめる。

須谷くんのこと、いい人だと思っていたのに。

優しくて、明るくて。目立たない私のことも知っていてくれて、仲よくなりたかった、って言ってもらえたの、うれしかったのに。

……志賀先輩は、須谷くんにああいう一面があることを知っているのかな。

知っていながら、速水くんよりあの人の味方をしてるの？

だとしたら。私、志賀先輩のことを少し軽蔑《けいべつ》してしまうかもしれない。

あんな、選挙の相手を見下すような人。

あんな、恋愛を賭けの対象にするような人。

最低だよ。

あんな人が生徒会長になるなんて絶対嫌。

あんな人に速水くんが負けるなんて、絶対嫌だ。

「……っ、絶対負けない‼」

思わず声になった決意を胸に、私は音楽準備室に向けて駆け出した。

「どこまで買いに行ってたの？」

音楽準備室に戻ると、呆れたような速水くんの言葉に出迎えられた。

暗に遅いと怒られているわけだけど、今の私はそれどころじゃない。

ドン、と派手に音を立てながら、ぬるくなってしまった缶コーヒーを速水くんの机に置いて、席につく。

「速水くん、絶対勝とうね」

乱雑に紙パックにストローを刺して、勢いよくオレンジジュースを飲み、そう宣言した私に速水くんは怪訝そうな顔を向けた。

「いきなり、何?」

カコッと小気味のよい音を立てて缶を開けながら、速水くんはそう聞いてくる。

「生徒会長になるべきなのは速水くんだよ、絶対っ！　須谷くんなんかに絶対負けない‼」

「いや、あんた本当にどうしたの?」

速水くんはそう言いつつ眉をひそめて、何か異質なものでも見るような目で私を見てくる。

「ちょっと、おかしな人を見るような目で見ないでよ」

「いや、今の晴山さん、どこからどう見てもおかしいでしょ。……何、もしかして須谷に何か言われた?」

缶コーヒーに口をつけてひと口飲んだあと、冷静な声でそう言った速水くん。

えっ！　どうしてわかるの⁉

心の中で驚いていると、速水くんは呆れたように笑う。

その笑みを見て、なんだか安心してしまった。

いつもの速水くん、だ。

そういえば飲み物を買いに出る前は、すごく不機嫌だったけど、もう機嫌は直ったのかな。

「で、何を言われたの？　まぁ、あいつのことだから、中間投票で勝ったことを誰かに自慢したくて仕方ないだろうし、そういう内容かな」

あ、あれ自慢だったんだ。

……ていうか！

「速水くん、やっぱり須谷くんと仲いいの？　あいつのことはわかってます、みたいな口ぶり……」

いつだったか須谷くんとの関係を聞いた時は、話したこともない、って言っていたけど。

やっぱり嘘だよね？

「俺と須谷、仲いいように見えた？」

「……」

速水くんの問いに、思わず黙ってしまう。

ふたりが話しているところは一度しか見たことがないけど、たしかに友達という感じではなかった。

というか、速水くんが一方的に刺々しい態度をとっていた。

志賀先輩が須谷くんの推薦人だということを知った時だったから、動揺していたのもあるとは思うけど。

「でも、じゃあどうして」

「どうでもいいよ、そんなこと。……それより、須谷から何を言われた？　自慢だけ？」

私の言葉を乱暴に遮った速水くんの問いかけに、私はどう答えたらいいのかわからなかった。

もしも選挙で負けたら須谷くんの彼女になることになっちゃった、なんて。

「……」

ダメだ、言えない……！

「と、特別なことは何も言われてないよ。速水くんが言ったとおり、中間の結果のことをちょっと言われただけ」

嘘をつくのは苦手。

それでもなんとか、逸らしてしまいそうになる視線を頑張って速水くんから逸らさずに言った。

なのに。

「嘘ついてるの、バレバレなんだけど」

ため息交じりにあっさりそう言い放たれて、私は目を丸くした。

どうしてわかるの⁉

私の反応は、速水くんの予想を確信にしたらしい。

「何、言われた？」

さっきよりも強い口調で、速水くんが言う。

……どうしよう。

賭けの話なんてしたところで、速水くんにとってなんの得にもならない。

ただでさえ志賀先輩と比べられて足手まといになっているのに、これ以上速水くんの負担になりたくない。

まぁ、そもそも速水くんは私の恋愛事になんて興味ないだろうけど。

「……」

ああ、でも、そっか。

考えてみたら、賭けに負けたとしても速水くんにはなんの害もないよね。

それなら隠し事をしてぎくしゃくするよりは、言ってしまったほうがいい？

きっと、なんだそんなこと？なんて。

またいつもと同じ、呆れたような顔で笑ってくれるよね。

「えっと……」

考えたら、少しだけ胸が痛んだ。

速水くんに気にしてもらえなくても落ち込む理由なんてないって思うのに。

むしろ、負担にならずに済むんだから、喜ぶべきだって思うのに。

なのに、言ったあとの淡泊な速水くんの反応を想像すると、自分でも意外なくらい、胸が痛い。

「……もしも選挙で須谷くんが勝ったら、私、須谷くんと付き合うことになっちゃったんだ。あ、もちろん絶対に速水くんが勝つからそんなことにはならないけど！」

——こんなの全然気にしてない。と言わんばかりの表情を作って、さらりと言ったつもり。

だけど、さすがに速水くんの顔を見て言うことはできなかった。

だって、速水くんにとって大事な選挙に私なんかの恋愛事を絡ませるなんて、申し訳なくて。

それにやっぱり、速水くんの反応を真正面から見るのが、怖くて。

だけど、速水くんからはなんの反応も返ってこなかった。

しびれを切らして顔を上げると、まっすぐに私を見ていた速水くんとバチッと目が合う。

目が合ったことに驚いたような顔をしたのは、私じゃなくて速水くんのほう。

目が合った時の速水くんは、私の言葉を理解できない、とでもいうようなポカンとした表情をしていた。

速水くんでもこんな顔するんだ、なんて思ったのも束の間、速水くんは驚いたように目を丸くして、動揺したように瞳を揺らした。

……え？

「速水くん……？」

予想外の反応に、私のほうが戸惑ってしまった。

秒速でそっけない反応が返ってくるって思っていたのに。

どうして何も言ってくれないの？

どうしてそんな顔をするの？

わからなくて、だけどどうしてか胸がギュッと痛む。

……あれ、おかしいな。

まだ何も言われていないのに、どうして痛いなんて思うんだろう。

「……それ、晴山さんからそうしてほしい、って言った……、わけないよね」

「⁉」

しばらく黙り込んでいた速水くんがやっと口を開いたと思ったら、そんなことを言うものだから。

驚きすぎて、私はすぐには速水くんの言葉を理解できず、言葉が出なかった。

「……なっ、なに言ってるの⁉　そんなわけない‼」

須谷くんと付き合いたくて、私が賭けを申し出たって思ってるの？

そんなこと、絶対ありえないのに……！

それに、もしそうだとしたら。

速水くんが勝つほうではなく、須谷くんが勝つほうに私の望みを賭けたことになる。

それじゃあまるで、私が速水くんじゃなくて須谷くんのほうを応援しているみたいになる。

そんな速水くんを裏切るような真似。

私に、できるわけないのに。

「……だよね」

呟くようにそう言った速水くんが、柄にもなく、心から安堵したような無防備な顔をするから。

「……っ」

ああ、と思った。

中間で負けたこと。

速水くんだって、ショックだったんだ。

不安、だったんだ。

……もう。

速水くんの、バカ。

わかりづらいよ。

選挙の間は私、絶対的に速水くんの味方なんだよ。

一緒に頑張る仲間だって、相棒だって思ってるんだよ。

速水くんはみんなより少しだけ大人で、強い人だけど。

そういう弱いところだって、見せてほしいよ。

「私、ちゃんと拒否しようとしたんだよ。でも、速水くんが絶対勝つと思ってるなら問題ないでしょ、って言われて、私、言い返せなくて」

「……」

「速水くん、あのね。私は何があっても速水くんの味方だよ。絶対に勝てるって信じてる」

私の話を黙って聞いている速水くんに、私は一方的に話し続ける。

ちゃんと信じてほしいから。

私が誰より速水くんの勝利を信じているんだってこと。

誰より近くで応援していたいんだってこと。

「私は絶対に速水くんのこと、裏切らないから。だから、速水くんも、私のこと……、信じてほしい」

ねぇ、お願いだよ。

ひとりで戦っているなんて、思わないで。

「……晴山さん、それ、言っていて恥ずかしくないの？」

「⁉」

しばしの沈黙を破った速水くんの言葉に、私は絶句してしまった。

ちょっと、さすがにひどくないですか⁉

「は、恥ずかしいに決まってるじゃんっ‼　でも、私、は……っ」

繋げようとした言葉は、声にはならなかった。

私を見て笑う速水くんの表情が、あまりに優しげだったから。

肩の力を抜いて、ふわりと笑った速水くんの笑みに、驚いて。

まるで誰かに掴まれたみたいに、心臓がギュッと痛くなった。

「ん？　何。どうしたの」

　言葉を途中で切ってしまった私を不思議そうに見る速水くんの表情は、依然として優しい。

　速水くんの言うとおり、さっき速水くんに向けた言葉は、口に出すのは結構恥ずかしかった。

　でも。

　いつもの彼からは想像できないくらい優しい目で見つめられている今のほうがよっぽど、くすぐったくて恥ずかしい気持ちになっているのはどうしてだろう。

「……っ、私は、速水くんのことを誰より支えたいと思ってるから！　速水くんの力になれるなら、恥ずかしくたって頑張るよ‼」

　優しげな微笑みひとつでドキドキさせられていることが悔しくて、私はどうにか言おうとしていた言葉を最後まで言いきった。

　また、沈黙が流れる。

「……晴山さん」

　ゆっくりとその沈黙を破った速水くんは、もうさっきまでの優しげな瞳はしていなかった。

　……勘違いかもしれない。

気のせいかもしれない。

だけど。

「……ありがとう」

少し掠れた声でそう言った速水くんは、泣きそうに見えた。

「……速水くんにお礼を言われる日が来るなんて思わなかったよ」

「なんだよそれ。失礼」

そして、「さて、今日も始めるよ」。

そう続け、話題を切り替えてファイルを開く速水くんが書類のほうを見てくれて、よかった。

今度は私のほうが、泣きそうな顔になっているに違いないから。

速水くんの「ありがとう」が、思った以上にうれしかったみたい。

泣きそうな顔で笑った速水くんの表情が、頭から離れてくれない。

優しく笑ってくれただけで、信じられないくらいドキドキして。

ありがとうの一言だけで、泣きたいくらいに、うれしい。

……ああ、もう。

私、この人のこと、本当に苦手だったのになぁ。

一緒にいたって絶対に友達以上の感情なんて、ううん、友達に感じる好意すら、感じられるわけないって思っていたのに。

「……なに見てるの？」

作業の手を止めて私を見る速水くんに、私は「なんでもないよ」と笑った。

……ついこの前までは、まだ戻れるって、思ってた。

ドキドキなんて気のせいだって、思ってた。

でも、そんなことを考える時点ですでに、きっと私はこの人に堕《お》ちてしまっていたんだろう。

気づいちゃったら、認めちゃったら、もう引き返せないよね。

速水くんには好きな人がいるって、わかってるのに。

それが私には敵うはずのない人だっていうこともわかってるのに。

辛い恋になるって、わかってるのに。

それでも、もう認めるしかないみたい。

――私。

速水くんのことが、好きなんだ。

第四話
好きな人。

緊張と誇り

翌日、私は速水くんに内緒で須谷くんに会いに行くことにした。用件はもちろん、賭けなんてしないことを伝えに。

私は昨日、はっきりと速水くんへの自分の気持ちに気づいてしまった。

それだけが理由というわけではないけれど、やっぱりダメだ、と思った。今の状態は速水くんの推薦人としてもよくないし、速水くんを好きな気持ちをこんな賭けに邪魔されたくない。

速水くんは志賀先輩を好きなんだから、私の気持ちが届かないことはわかっているけれど、それでも、私にとっては大事な恋だから。こんなふうに、どうしようもないくらい誰かを好きになるなんて、初めてだから。

大事にしたい。たとえ届かなくても、私は私の恋を大事にするんだ。

「会いに来てくれるなんてうれしいよ。どうしたの？」

放課後、いつも速水くんと選挙の準備をしている音楽準備室に向かう前に、須谷くんを空き教室に呼び出した。

ニコニコといつもどおりの優しい笑顔を浮かべた須谷くんからは、昨日の怖い雰囲気は少しも感じられない。

「昨日の賭けの話、やっぱりなしにしてほしくて」

単刀直入に切り出すと、須谷くんは驚いた様子もなく小さく首をかしげた。頭のいい彼のことだから、私がそれを言うために呼び出したことは、予想していたのかもしれない。

「なんで？　俺と付き合うの、そんなに嫌？　それとも、やっぱり負けるのが怖くなった？」

「違うよ、負けるのが怖くなったわけじゃないし、負けるわけないって今も思ってるよ。ただ、こんな賭けをしても、誰も得しないって思ったの。須谷くんだって、面白がっているだけで、私のことを好きなわけじゃないでしょ？　お互い好きでもないのに付き合ったって、むなしくなるだけだと思う」

須谷くんの目を見てそう言うと、須谷くんもまっすぐに見つめ返してくる。

「そんなことない。俺、好きだよ、明李のこと」

少しのためらいもなくそう言われ、思わず眉をひそめてしまった。

どうしてだろう、少しも胸がときめかない。こんなに軽い告白を、まるで心が入っていない好きの言葉を、まっすぐ目を見て言えるなんてすごいなぁ、なんて逆に感心してしまう。

「適当なこと言わないで。須谷くん、そんな嘘をついて、悲しくならないの？」

「適当だなんてひどいなぁ。本気なのに」

思いきって強い言葉をぶつけているつもりなのに、須谷くんはまったく堪えていないようだ。

「……本気だったら、そんなふうに簡単に好きなんて言えないと思うし、賭けの対象になんかしないと思う」

「明李は、好きな人に簡単に好きって言えないんだ」

間髪入れずに返ってきた言葉に、ズキッと鈍い痛みが胸を襲う。それでも私は、須谷くんの目から視線を逸らすことはしなかった。なんだか、逸らしてしまったら負けな気がして。

「言えないよ。もし断られたら、って不安で仕方ないし、相手を困らせたくないし、それに、叶うはずのない気持ちを口に出す勇気なんて……って、私のことは関係ないよね!?」

しゃべりすぎた、と思った時にはもう遅くて、完全に今の私の気持ちを言葉にしてしまっていた。急に恥ずかしくなって、顔が熱くなる。

「と、とにかく！　昨日の賭けの話、受けるつもりないから！」

投げつけるようにそう言って、私はくるりとドアのほうに方向転換をした。用件は伝えたんだし、これ以上ここにいる意味はない。早く速水くんのところに行こう。

「明李の好きな人って、速水？」

すでに歩き出していた私は、須谷くんの声にギクッとして、思わず立ち止まってしまった。ドクドクと、どうしてか心臓の音が突然大きく聞こえる。

どうしてバレてるの。

どうしよう、なんて言おう。

そんなことをぐるぐると考えて立ち止まったはいいけれど、須谷くんのほうを振り向けない。須谷くんも、私の返事を待っているようで、何も言わない。

無視すればいいとも思った。律儀に答える義理なんてないし。

だけど、私が速水くんのことを好きな気持ちは、本物で。どうしてか、今は逃げることはしたくなかったし、嘘をつくのも違う気がした。

だから、ひとつ、深呼吸をして。

ゆっくりと振り向いて、まっすぐに須谷くんを見つめた。

「……そうだよ。私、速水くんのことが好き」

初めて言葉にした、好きの気持ち。

それは、自分でも驚くほど、まっすぐで迷いのない声になった。

須谷くんも誤魔化されなかったことが意外だったのか、驚いた顔をしている。

「だから、私は推薦人だからっていう理由だけじゃなく、速水くんの味方だし、裏切るようなことは絶対にしたくないの」

私の言葉に、須谷くんはまだ驚いた表情のまま、私を見ている。

そうだよね、私もびっくりだもん。こんなふうにまっすぐに、速水くんへの気持ちを言葉にできること。

「選挙、正々堂々戦おう。須谷くんも、須谷くんのことを応援してくれる人のこと、裏切らないで」

そう言って、私は今度こそ須谷くんに背を向けて教室をあとにした。


須谷くんと別れたあと、いつもより少し遅れて音楽準備室に入ると、すでに速水くんはいつもの席に座って作業をしているようだった。

「速水く……」

話しかけようとして顔を覗き込んだら、うとうととしている。

その珍しく無防備な様子に思わずクスリと笑みがこぼれ、私は声はかけずに自分の席についた。

そうだよね。毎日こんなに忙しくて、夜まで準備に追われて、勉強もして。速水くんだって、疲れないわけない。

「ん……、あれ」

ふいに意識が現実に戻ってきたらしい速水くんと、ぱちっと目が合った。

少しぼんやりとした表情が新鮮で、なんだか愛しさが込み上げてくる。

「……俺、今、寝てたな」

「うん、寝てたね。珍しい。おはよう」

「ん」

ふぁ、とあくびを噛み殺して速水くんは作業に戻り、私も自分の作業にとりかかる。

……こんな他愛のないやりとりが、うれしくて、幸せで。

私は、速水くんの恋を応援しなきゃいけないのに。

……速水くんの隣を譲りたくない、なんて。

速水くんの一番近くにいたい、なんて。

「っ」

考えちゃダメ。好きでいるだけ。その先を望んではダメ。

そう自分に言い聞かせても、速水くんへの想いは膨れるばかりで、どうしたらいいのかわからない。

辛い、なぁ……。

自分の気持ちに気づくまでは、こんなふうに思わなかったのに。両想いを望むことすら許されない、どうにもならない現実に胸が苦しくて、涙が出そうになった。

痛い。痛いよ。

ねぇ、私じゃダメ、なの？

そんな思いが苦しいくらいに心の中を暴れている。その苦しさを抑えるように、無意識にてのひらで胸を押さえ、ギュッと唇を噛みしめていた。

……好き、って言葉にできたらいいのに。

心の中でそう呟いて、速水くんにバレないように小さくため息をついた。


中間投票の結果が出てから投票日までの一週間は、あっという間にすぎていき。

いよいよ、生徒会役員選挙の日がやってきた。

七限目の時間を使って行われる選挙。

立候補者が全校生徒の前でスピーチをして、そのあとに投票が行われる。

結果は、明日の昼休みに掲示板に貼り出されることになっていた。

生徒会長のスピーチは、一番最後。

しかも、須谷くんのスピーチのほうが先だから、速水くんは本当に最後だ。

体育館に全校生徒が集まると、現生徒会長の進行でスピーチが始まった。

最初に推薦人からの短い紹介があり、そのあとに立候補者のスピーチをする流れ。

推薦人はほとんど引退予定の現生徒会の人たちだし、立候補者も生徒会を続ける人が多いから、立派すぎるくらいのスピーチが続く。

今回初めて立候補するメンバーですら、緊張のかけらも見えないくらい堂々として見える。

私は、ステージ裏で自分の出番を待っている間、ドクドクと心臓が脈打つ速度がどんどん増していくのを感じていた。

「……緊張しすぎ」

隣から呆れたような声が聞こえ、そちらを見ると、速水くんが苦笑している。

「仕方ないじゃん！　私は速水くんと違って、こんなふうに全校生徒の前に立って話すなんてこと、慣れてないんだから……！」

私はステージのほうに声が漏れないように、小さな声で言い返した。

だって、速水くんが生徒会長になれるかどうかがかかってるんだよ⁉

そんな重圧に、緊張しないわけがない。

「緊張してる晴山さんを見てると、俺まで緊張してくるから」

「えっ」

緊張って伝染するの⁉

と目を丸くすると、速水くんは小さく笑う。

「大丈夫。晴山さんがどれだけ失敗しても、結果に影響ない」

「はい？」

「晴山さんが頼りなくて場慣れしてないことなんて、全校生徒承知の上だから。完璧なスピーチができるなんて初めから思ってない」

「⁉」

ちょっと⁉

そ、それはひどくない？

私は私なりに頑張ろうと……っ！

反論しようと口を開けた私に、速水くんは苦笑した。

「バカ、本気で受け取るなよ。……冗談」

こんな時にそんな冗談言う⁉

思わず言い返そうとしたら、シッ、と唇の前に人差し指を立てて、速水くんは私の言葉を遮ってしまう。

ガタ、とイスを引く控えめな音がしてそちらを見ると、一緒に出番を待っていた須谷くんと志賀先輩が立ち上がったところだった。

どうやら、もうふたりの出番らしい。

「じゃあ、先に行くね」

私とは比べ物にならないくらい余裕たっぷりの志賀先輩の笑顔に、私は頷くことしかできなかった。

志賀先輩に負けないように頑張ろう、って思ったのに。

やっぱり、全然勝てる気がしないよ……。

堂々とした志賀先輩に比べ、私は緊張で声が震えないか心配で心配でしょうがないレベル。

相手にならないよね、こんなんじゃ。

わかっていても、やっぱりヘコむ。

「……さっきの続きだけど。本当に晴山さんは失敗してもいいよ」

「やっぱり冗談じゃなくて本気だったんじゃん」

「そうじゃなくて」

ステージからは、志賀先輩の芯のある強い声が聞こえてくる。

まともに聞いたらそれこそ緊張で死にそうだったから、速水くんが話しかけてくれて助かったかも。

「たとえ失敗しても、晴山さんがちゃんと頑張ってくれることはわかってるから。だから、大丈夫」

失敗なんか恐れる必要ないよ。

そう、言って……。

ふわりと、この前見せてくれたのと同じ優しい笑顔を見せてくれた速水くんに。

励ますような言葉をくれた速水くんに、ドキッと胸が鳴った。

まさかそんな優しい言葉をかけてもらえるなんて思ってもみなかったから、なんだか胸がぎゅうっと苦しくなる。

さっきとは違う意味で、心臓が脈打つ速度を増す。

「……ありがと」

思わず呟いた言葉は、ステージから聞こえてくる声にかき消されたんじゃないかと思うほど微かな声だったけど、なんとか速水くんには届いたらしく、彼はまた、優しい笑みを深めてくれた。

——須谷くんのスピーチはステージ裏の私たちにもしっかり聞こえてきて、それは他の立候補者と同じく、とても立派なものだった。

そう思ったのは私だけではないことは、鳴りやまない拍手が証明している。

「次、速水くんお願いします」

係の人のそんな声が聞こえた。

ステージに上がるように促されて、私と速水くんはイスから腰を上げる。

……いよいよ、私たちの番。

心臓の鼓動がドキドキとやけに大きく聞こえて、せっかく速水くんが優しい言葉をくれたのに緊張してしまう自分に少しがっかり。

……でも、まぁ、仕方ないよね。

こんなふうに人前に立つことなんてない私が、緊張しないほうがおかしいもん。

緊張するのは普通だ、普通。

自分にそう言い聞かせる。

……気にする必要なんてない。どんなに緊張したって、きっと大丈夫。

だって隣には、速水くんがいてくれるんだから。

よし、と心の中で気合いを入れた。

私の一歩前を歩き出そうとしていた速水くんについていこうとしたら、彼はふいに立ち止まり、私のほうを振り返る。

どうかしたのかな、と首をかしげた私の前に差し出されたのは——、速水くんのしっかりと握られた拳。

突然だったし、普段の速水くんからは想像できない行動だったし。

私は本気で驚きながらも、自分の拳を速水くんの拳にコツンと当てた。

すると、そんな私に向かって、速水くんは小さく微笑んでくれる。

その微笑みが、やっぱりすごく優しくて、温かくて。

速水くんに本当の仲間だと認めてもらえたような気がして、胸がいっぱいになってしまった。

「っ」

「……速水くん」

呼んだら、私をまっすぐに見てくれる。

それだけのことがすごくうれしい。

私は、速水くんを、そして自分を勇気づけるように、精一杯微笑んだ。

「頑張ろうね！」

私の頭じゃ、こんなありきたりな言葉しか思いつかないけど。

それでも、速水くんは力強く頷いてくれて。

それがなんだかとてもうれしくて、励ますつもりが私のほうが励まされてしまった。

ステージに向かって方向転換をした速水くんは、もう振り返ることなく歩き出した。

私は迷いのない速水くんの背中を頼もしく思いながら、ついていく。

――タン、と足音が響く。

視界が急に明るくなる。

少しのざわめきが耳に届く。

速水くんにならって立ち止まり、体の向きを変えた瞬間。

視界に飛び込んできたのは、ずらりと並んでこちらを見る、たくさんの生徒。

こちらに向いたたくさんの視線に圧倒されそうになったけど、ちらりと隣を見れば、まっすぐに前を見た速水くんのきれいな横顔が見えて。

その凛とした姿に、私は不思議と心が落ちついていくのを感じた。

高まりすぎた鼓動は少しずつ、ほどよい緊張感に変わっていく。

ゆっくりと一度、目を閉じた。

小さく息を吐き出して、そして目を開けると同時に、大きく息を吸う。

再び見えた体育館の景色はさっきよりずっと、はっきりとした色をしているように見えた。

……ああ、大丈夫だ。

私、思ったよりずっと落ちついてここに立つことができている。

「――速水遥斗くんの推薦人の、晴山明李です」

吸い込んだ息を全部吐き出すくらいの気持ちで名乗ったその声は、自分でも意外なくらいまっすぐに、体育館の空気を震わせて。

ちゃんと、みんなの耳に届いたって、わかった。

それが、なんだかうれしくて。

私が心から応援している速水くんのことをみんなに聞いてもらえるんだと思ったら、すごく幸せな気持ちになって。

練習したセリフは、スラスラとなめらかに声になった。

短い紹介文だけど、頑張って考えた言葉たち。

「……上出来だね」

私の番が終わって速水くんにマイクを渡す時、そんな声が聞こえた。

びっくりして顔を上げれば、一瞬だけだけど、速水くんが小さく笑ったのが見えて。

驚いた顔をした私と一瞬目が合った速水くんは、緊張なんか全然していないようで、目の前のたくさんの生徒へとゆっくり視線を移した。

まさかひとりひとりと目を合わせようとしているのだろうか、とさえ思ってしまうくらいの余裕を感じる動作。

体育館の端から端まで視線を動かしたあと、速水くんはまっすぐに前を向いて、息を吸う。

「生徒会長に立候補しました、速水遥斗です」

呼吸してから声になるまで、いつもと同じテンポで出された声は、なんの気負いも見えなかった。

——それなのに。

「……っ」

私の気のせいかもしれない。贔屓目《ひいき》かもしれない。

……だけど私には、速水くんが声を出した瞬間。

体育館の空気が、変わったような気がした。

さっきまでだって、いつもの全校集会なんかよりずっと厳かな雰囲気があったけど。

一瞬で、さらにピンと澄んだ緊張感が体育館を貫いたような。

そんな感覚がした。

速水くんって、本当にすごい人だったんだ。

こんなに人を惹きつける力を持っていたんだ。

一緒にいたこの数週間だけで私、速水くんのことを知ったような気になっていたけど、まだまだ知らないところばかりだね。

——速水くんのスピーチが、まっすぐに耳に響く。

胸に届く。

練習したとおりの原稿。

だけど、いつの練習よりもずっと、気持ちの乗った声をしている。

たくさんの生徒の視線を集める堂々とした速水くんを、頼もしく、そして誇らしく思った。

「おつかれさま〜！　びっくりしたよ、速水くんのスピーチ！」

教室に戻ると、興奮した様子の羽依ちゃんが駆け寄ってきてくれた。

教室にはすでに投票を終えたほとんどの生徒が体育館から帰ってきていて、みんな、終わったばかりの選挙の話をしている。

その賑やかなざわめきが速水くんの味方なのか、須谷くんの味方なのか。

どちらなのかはわからなかったけど、スピーチにも、スピーチのあとの生徒の反応にもたしかな手ごたえを感じていた私は、不安に押し潰されそうになることもなく、羽依ちゃんに向かってにっこりと笑ってみせる。

「でしょ？　速水くん、すごいでしょ⁉」

「速水くんもすごいけど、明李もすごかったよ！　カッコよかったじゃん！」

まるで愛犬を褒めるようにワシワシと私の頭を撫でてくれた羽依ちゃんに、私はうれしくなってギュッと抱きついた。

「羽依ちゃんありがと〜！」

「よーしよしよし！」

本気で飼い主みたいになってきた羽依ちゃんに思う存分褒めてもらって、ようやく体を離すと、羽依ちゃんはもう一度「本当におつかれさま」と微笑んでくれた。

きっと羽依ちゃんは、心から私のことを心配してくれていたんだろうな、って思う。

人前に立つことが苦手な私のことを誰よりも知ってくれているんだもん。

「ありがとう、羽依ちゃん。……速水くんのスピーチ、どうだった？」

私が聞くと、羽依ちゃんは「びっくりしたよ」とさっきの言葉を繰り返した。

羽依ちゃんは本気で驚いたような顔をしているから、本当の本当に、速水くんのスピーチはそれだけすごかったということなんだと思う。

「だって、速水くんが話し出した瞬間、空気が変わったよね!? 速水くん、今までは書記だったし、そんなに目立ってみんなの前で話す機会もなかったから気づかなかったけど……、本気になったらあんなにオーラがある人だったんだって、びっくりしちゃった」

まさに私と同じことを感じていた羽依ちゃん。

ということは、きっと私たちの他にも同じように感じていた人、いるよね。

私の贔屓目なんかじゃなく、今日の速水くんは本当にすごかったことがわかって、うれしくなる。

スピーチをする速水くんから目を離すことなんてできないくらい、みんなの視線を惹きつけていた。

「それに、スピーチの中身！　何あれ、普段の速水くんからは想像できない内容だったんだけど」

羽依ちゃんの言葉に頷くと、「ホントだよ！」と笑ってくれた。

「今までは、速水くんってどこか遠い人みたいに思ってたけど、……なんか、応援したくなっちゃったよ」

にっこり笑ってそう言ってくれた羽依ちゃんの言葉がすごくうれしくて、私もつられて笑みがこぼれる。

「羽依ちゃんのおかげであの原稿が書けたんだよ。どうして中間で負けたのか、ヒントをくれたから」

私が言うと、羽依ちゃんは驚いたように目を丸くした。

……速水くんが書き上げた最初のスピーチ原稿も、とても素晴らしい内容だった。

スピーチっていうか、論文……みたいな。

立派なことを、納得できる理由で諭してくるような、小難しい文章。

速水くんらしいなぁ、と思う一方で。

この素晴らしすぎるスピーチを速水くんが読んだら、とも考えた。

速水くんが優秀な生徒だということは、今さらこんな立派なスピーチをしなくても、みんな知っているんじゃないかな。

ただでさえ、どこか大人びている速水くんは他の生徒に一目置かれているというか、

「あはは、だよね」

どうしても引け目を感じさせてしまう雰囲気があるというか。

それこそ生徒会のメンバーのようにできる人でなければ、いつまでもクラスメイトどまりで友達にさえできないような気がしてしまう存在。

……速水くんは客観的に見て、とてもきれいな顔をしている。

それに、学校を代表する秀才だっていうことも、周知の事実。

一年間生徒会で活動してきた実績だってある。

羽依ちゃんが言うように、速水くんはみんなにとって、どこか遠い人、だったんだと思う。

もう充分だ、って思った。

速水くんのできすぎる立派な部分は、伝える必要なんてないくらい伝わっている。

今さら伝えなくたって、速水くんが立派な人だっていうことは、前提として見てくれる。

……きっと、中間投票の時だって、速水くんが、遠い人に見えてしまうくらいできる人だということはみんなわかっていて、それでも須谷くんに票を投じた人のほうが多かった。

もう充分伝わっているのなら、どうしたらいいんだろう。

そう考えた時に、羽依ちゃんから見せてもらったメッセージのやりとりが思い浮かんだ。

速水くんのことを、上から目線、とか。

すかしてる、とか。

……でも、そんなことない。

立派すぎてどこか遠い人。

できすぎるから上から目線の嫌なヤツ。

もちろん、そういうふうに感じる人もいると思う。

私だって、初めはそんなふうに思っていたもん。

……でも。

それだけが速水くんのすべてだなんて、思ってほしくない。

だから、私は思いきって速水くんに自分の考えを伝えてみたんだ。

このままの文章でも、きっと速水くんがどれだけ生徒会長にふさわしいかっていうことは伝わると思う。

だけど、たまには失敗とか苦労とか、そういうのを伝えるのもありなんじゃないかな、って。

私の言葉に「たしかにそれもいいかもしれない」と頷いてくれた速水くんは、書き上げた原稿を潔くボツにして、新たなスピーチ原稿を書いた。

それを読んだ時、私は結構驚いたんだ。

こんなに素の部分を出した内容で、速水くんは大丈夫なの？

今までの印象、ガラッと変えちゃうと思うんだけど。

そんなふうに心配になってしまうくらい、最初の原稿からは正反対の内容になっていた。

……生徒会に入ってからの失敗談とか、生徒会と勉強の両立が大変だったとか、さらには背中を押されなかったら生徒会長にも初めは立候補するつもりはなかったことまで原稿に入っていたものだから、いろいろと思いがけない内容が多すぎて、びっくりしてしまった。

だけど、たしかに最初の原稿よりずっと、スピーチとしての面白さは格段に上がったと思うし、速水くんの人となりをわかってもらうには、こっちのほうがずっといいと思った。

だから、こっちの原稿のほうがずっといいよ、と速水くんに言ってみたんだ。

「……それでできあがったのが、あのスピーチだったんだよ」

羽依ちゃんに事情をかいつまんで説明しながら、さっきのスピーチを思い出して胸がジンと熱くなった。

『生徒会に入ったばかりのころは、まさか自分がこんなに苦労するなんて思っていませんでした。たくさん失敗したし、たくさん叱られて今の僕があります。自分の能力を過信していた僕を、根気よく指導してくださった先輩方には感謝の気持ちでいっぱいです』

さっき聞いた速水くんのスピーチの余韻が忘れられなくて、頭の中で何度も再生されている。

『実のところ、今回の生徒会選挙には立候補しないつもりでした』

スピーチの終盤、速水くんがそう言った瞬間、静かにスピーチを聞いていた生徒みんなの顔が驚きに変わったのがわかったんだよね。

『正直、尊敬する先輩方がいなくなった生徒会にいる意味を見つけられなくて。だけど、ある人に、……推薦人の晴山さんに背中を押されて、もう一度頑張りたいと思えたんです』

原稿では私の名前はなかったから、隣から自分の名前が聞こえた時はびっくりして、思わず速水くんのほうを見てしまった。ほんの一瞬、視線だけをこちらに向けた速水くんと目が合って、ドキッと心臓が大きく鳴って……。

思い出したら、またドキドキと心臓の鼓動が速くなってきたのを感じて、私は慌てて脳内再生されていたスピーチを中断した。羽依ちゃんに説明していたはずなのに、自分の世界に入ってしまっていたことにハッとして、慌てて羽依ちゃんのほうを見ると、羽依ちゃんはそんな私を何も言わずにジッと見つめていた。

そして、やがて浮かべたのは、どこか切なそうな笑み。

「どうしてだろ。愛娘がお嫁に行くのを見守るような気持ちになってるんだけど」

おかしそうに小さく笑い声をこぼして、羽依ちゃんはそんなことを言った。

「えっ、お嫁⁉」

何そのたとえ⁉

と私が素っ頓狂な声を上げると、羽依ちゃんはよしよし、とまた頭を撫でてくれた。

「明李、変わったね。あんなに立派なスピーチをできることにも驚いたけど、それよりも、あんなに避けていた速水くんに意見できるようになったなんて。すごいよ」

そう言って私の頭から手を離し、笑みを深めてくれた羽依ちゃんに、私は「ありがとう」と呟く。

「明日、結果が出るのが楽しみだね」

羽依ちゃんの言葉に、私はコクリと頷いた。

溢れる気持ち

翌日。

午前最後の授業の終わりを告げるチャイムが鳴ったと同時に、私は掲示板へと向かうべく勢いよく席から立ち上がった。

まだ選挙結果は貼り出されていないだろうけど、できるだけ早く結果が知りたい。

きっと、掲示板の前はこの前の中間結果の時みたいに人だかりになってしまうだろうから、一刻も早く場所取りしなくちゃ。

だから、昼休みが始まったらすぐに掲示板までダッシュする。

……そう決めていたのに。

「晴山！」

「っ⁉」

ダッシュしかけていた私は、しかし突然叫ばれるように名前を呼ばれ、驚いて足を止めた。

呼ばれた声のほうに視線を向ければ、そこにいたのはさっきまで授業をしていた、世界史の高橋先生。

えっ、なんだろう。

私、今日はちゃんと授業を受けていたと思うんだけど！

結果が気になって時々上の空になっちゃってたかもしれないけど、でも記憶が飛んだりもしてないし、そもそも先生に注意されてもいないし！

どうして私、呼ばれたの？

「な、なんですか？」

何を怒られるんだろう、と思わず身構えて尋ねると、「職員室までこれ運ぶの手伝え」と授業の最後に集めた、全員分のノートを指さして言う。

どうして私なの⁉

そう言いかけて、はたと気づいた。

今日の日直、私だった……。

「私、代わろうか？」

私がどれだけ昼休みを待ちわびていたかを知っている羽依ちゃんがそう言ってくれたけど、私は首を横に振った。

「ううん……、ありがとう。大丈夫、持っていくだけならすぐだと思うし」

「そっか。じゃあ私、先に掲示板に行ってるね」

羽依ちゃんの言葉に頷くと、私は教卓の上に積まれたノートの山を抱え、高橋先生の後ろについて職員室へと向かったのだった。

「もうすぐ期末だな。勉強してるか？」

「えーっと、一応は……」

職員室へと向かう途中、ふいに高橋先生が話しかけてきて、私は歯切れの悪い返事をする。

ごめんなさい。勉強なんてこれっぽっちもしてないです、なんて言えるわけない。

小テストが少ない社会系の勉強は、数学や英語に比べてほとんどできていない。

それこそ、テスト前に一夜漬けと言われても仕方ないくらいの時間で、テストに出そうな知識をとりあえず詰め込むだけ。

しかも、テストが終わったらきれいさっぱり忘れている。

選挙が終わったらすぐに期末テストの時期がやってくるということも、忘れていたわけじゃない。

だけど、選挙の準備で忙しく、正直それどころじゃなかった。

「せっかく昨日いいところを見せたんだから、勉強のほうももう少し頑張れよ」

ガラッ、と職員室のドアを開けながら高橋先生がそう言う。

……昨日いいところを見せたんだから？

まさか先生にそんなことを言われるとは思わなくて、ポカンとしてしまう。

そんな私のことはお構いなしに、高橋先生はドアのすぐ近くにある自分のデスクに、先生が半分持っていたノートを置き、抱えていた例の大きい世界地図を立てかけると、私が持っていたノートを受け取る。

「わからないところはそのままにしないでちゃんと聞きに来い。それにおまえ、速水と仲いいんだろ？　勉強くらい見てもらえ」

デスクに置いてあったマグカップを手にしながらそう言った高橋先生に「はい」と返事をして、私は職員室を出た。

……高橋先生に褒められるような言葉をかけてもらったのなんて、初めて。

昨日の私、羽依ちゃんにも褒めてもらえたし……、ちゃんと頑張れたんだね。

「よかった……」

せめて速水くんの足を引っ張るようなことだけはしたくない、と思っていたけど。

なんだか、最低限のその目標は達成できたような気がしてうれしい。

「……はっ、そうだ。早く行かなきゃ！」

時計を見ると、昼休みが始まってから十五分がたっていた。

さすがにもう貼り出されてるよね!?

私は慌てて、羽依ちゃんが待ってくれているであろう掲示板へ向かって駆け出した。

「羽依ちゃーん！」

案の定、人がたくさんいる掲示板前。

私はその人だかりの中に羽依ちゃんを発見して、名前を呼んだ。

するると私の声に気づいた何人かが道を空けてくれて、人の山の結構前のほうにいた羽依ちゃんに合流できた。

「明李。おつかれさま」

「うん、ありがとっ！　それで……、結果は」

合流した私ににこりと笑ってくれた羽依ちゃんに、私は急《せ》かすように言ったけど、
羽依ちゃんは首をかしげて笑う。

「それが、まだ貼り出されてないんだよね」

「えー!?」

昼休みが始まったらすぐに貼り出されると思ったのに。

結果がどうであれ、見たら速水くんに連絡して、ひとこと話がしたかったのに。

おつかれさま、でも。

おめでとう、でも。

……残念だったね、でも。

とにかく結果を見たらすぐに、速水くんの声が聞きたいと思ったのに。

昼休みが終わるギリギリになってしまったら、それができなくなっちゃうよ。

放課後まで速水くんに会うのを我慢するなんて、辛すぎる。

……そう思ったのに。

昼休みが終わる十五分前になっても、選挙結果はまだ貼り出されていなかった。

「なんで？　毎年こんなに遅いんだっけ？」

さすがに焦ってきた私の問いに、羽依ちゃんは困ったような顔をする。

「いつもは選挙結果なんて気にしてなかったからなぁ……。信任投票だったし、みんな当選してるんだろうな、って思ってたから」

そうだよね。

私もそうだった。

はぁ〜、これはお昼を食べられるかすら怪しい時間だよ。

──そんなことを思った時だった。

「あっ」

羽依ちゃんの短い声に顔を上げると、大きい模造紙を抱えてこちらに来る生徒が見えた。

「っ！」

瞬間、ドクン、と心臓が大きく鳴る。

「明李っ！　来たよ！」

羽依ちゃんが興奮したように私の腕を掴む。

そんな羽依ちゃんに、私は唇を引き結んで、頷くことしかできなかった。

さっきまで、結果が来ないことがあんなにじれったかったのに。

いざ結果を見るとなると、緊張で心臓が壊れてしまいそうだった。

むしろ、昨日のスピーチより緊張しているんじゃないかと思うくらい。

見たい。

……でも、怖い。

ドクン、ドクン、と心臓が脈打つ音がやけに大きく聞こえる。

掲示板の前までたどりついた生徒はふたり。

結果が書いてあるのだろう模造紙の端をそれぞれが持って、掲示板に貼り出そうとしていた。

ふたつに折りたたまれていた模造紙が、バサッと音を立てて広がる。

「……っ」

一度、怖くてギュッと瞑ってしまった目。

だけど、意を決して顔を上げ、目を開けた。

【生徒会長 当選 速水遥斗】

その文字が視界に飛び込んできた瞬間。

はっきりと見えていたはずの文字が、視界の中でじわりと滲む。

「やった……！ やったよ、明李‼」

興奮したような声を上げた羽依ちゃんに隣からギュッと抱きつかれて、私は「うん」と何度も頷いた。

……やったよ、速水くん。

やっぱり速水くんはすごい。

逆転勝利だね。

生徒会長に、なれるよ。

「っ」

おめでとう、速水くん。

心の中で何度も速水くんの名前を呼んで、私はこらえきれずに頬を涙が伝ったのを感じた。

結局、昼休み中に速水くんに会うことはできなかった。

私は私でいっぱいいっぱいになってしまって、しばらく掲示板の前から動くことができなくて。

羽依ちゃんに促されて、なんとか教室に戻って自分の席についても、胸がいっぱいで何もできず。

速水くんに連絡するんじゃなかったの、と羽依ちゃんに言われてスマホを手に取ってみるけど、そこから行動に移せなくて。

見るに見かねた羽依ちゃんが、とりあえずご飯は食べなさい、と私の手にサンドイッチを握らせてくれたから、なんとかそれをお腹に入れて、気づいたら昼休み終了のチャイムが鳴っていた。

……そして、放課後。

やっぱりというかなんというか、午後の授業も上の空だった私。

きっと先生たちも気づいていたとは思うけど、今日だけはどうやら大目に見てくれたらしく、注意されることも怒られることもなかった。

そして、放課後に至った今。

胸がいっぱいで何も手につかない状況からなんとか回復することができた私は、速水くんに会おうとしているところ。

……だけど。

どこにいるの、とメールを送ってみたけれど返信が来ない。

速水くんの教室を覗いたら、もう帰ったあとだと言われた。

生徒会室にも速水くんの姿はなくて。

もしかして、と思って音楽準備室にも行ってみたけど、誰もいなかった。

「もう……」

すっかりあてをなくしてしまった私は、ため息をついて廊下の壁に寄りかかった。

もしかして、本当に家に帰っちゃった？

一緒に頑張った仲間同士、喜びを分かち合いたいって思っているの、私だけ？

……こんなに会いたいって思ってるのは、私だけなの？

「あと思い浮かぶのは……、うーん」

速水くんが行きそうな場所は回ってみたつもりだし、そもそも彼が行きそうな場所自体あまり知らない。

だけど、校内でもう一か所だけ、もしかしたら、と思う場所がふと思い浮かんだ。

いる確率、そんなに高くなさそうだけど……。

そう思いつつ、私は歩き出した。

考えていても仕方ない。

速水くんが私に会いたいと思っていなくても、私は「おめでとう」って直接言わなくちゃ気が済まないもん。

　私は私のために、速水くんに会いに行こう。


——キィ、と軋んだ音が鳴った。

ドアに鍵がかかっていないことに、ホッと息を吐く。

広がる空は、もうすっかり夕焼けの色。

一度だけ来たことがあるここは、速水くんが私に『ご褒美』だと言って連れてきてくれた屋上だ。

バタン、と後ろでドアが閉まる音がした。

ひゅう、と吹きつけてきた風は、前に来た時よりもずっと冷たい。

もうすっかり冬だなぁ、なんて思いながら、広い屋上を歩きながら、ぐるりと見回してみる。

「……あ」

いた。

速水くん。

屋上の入り口がある塔屋の壁に背中を預けて、……寝てる。

「……」

私はこんなにも選挙の結果に興奮しているのに、当の本人はのんきに寝てるなんて。

しかも、こんな場所で。

……って、そうだよ、この時期にこんな場所で寝てるなんて、風邪ひく!!

「速水くん」

私は寝ている彼のもとに駆け寄って、名前を呼ぶ。

何度か呼んでみたけれど、どうやら思いのほかしっかりした眠りの中にいるらしく、起きる気配はない。

「もう……」

どうしよう、と思いながらも、改めて近くで見る速水くんのきれいな顔に思わず見惚れてしまった。

閉じられた目を縁取る長いまつ毛に思わずため息をつきながら、無防備な寝顔から目が離せなくて。

……本当に、羨《うらや》ましいくらいきれいな顔をしている。

少し癖のある柔らかそうな黒髪が、夕日の色を受けてオレンジ色に染まっている。

「……速水くん、こんなところで寝てたら風邪ひくよ」

いつまでも見惚れているわけにもいかないので、私は諦めずにもう一度声をかけた。

少しためらってから、彼の肩に触れて、揺すってみる。

すると、さすがの速水くんも微かに身動《みじろ》ぎをした。

「ん……」

低い声が速水くんから聞こえて、訳もわからずドキンと心臓が震える。

えっ、やだ、どうして今、こんなにドキドキしてるの？

今は恋愛感情は置いておいて、純粋に仲間として速水くんに接したいのに！

「速水くんっ！　起ーきーてーっ！」

私は自分の中のドキドキを誤魔化すように、さっきよりも大きい声で彼を呼んだ。

すると。

「う、ん……。晴山、さん？」

固く閉じられていた速水くんの瞼《まぶた》が持ち上がり、きれいな黒い瞳が私を映す。

いつもより少し低い声で私の名前を呼んだ速水くんは、まだ夢うつつのよう。

「んー……」

「あっ、速水くん！　起き、……っ！　きゃあ⁉」

眠気に抗えないようで、再び目を閉じようとした速水くんを止めようと声を上げた
私は、ふいに手首に微かな痛みが走り、カクンと体がバランスを崩した。

視界が急にぐらりとぶれる。

……一瞬、何が起きたのかわからなかった。

膝がコンクリートの冷たさに直に触れているのも謎《なぞ》。

さっきまで感じていた風の冷たさをまったく感じなくなったのも、なぜなのかすぐには理解できなくて。

だけど。

「〜〜〜っ⁉」

さすがの私でも、速水くんに抱き寄せられているのだと気づくまで、そう時間はかからなかった。

びっくりして、立ち膝になっていた足からも力が抜けた。

ペタン、と座り込んでしまったら、さらにギュッと抱きしめられる。

な、何、これ。

何が起きてるの？

「は、速水く……っ」

「あか、り……」

「っ⁉」

ダメ。

こんなふうに名前を呼ばれて、ドキドキしないなんて無理。

心臓が壊れそう。

「っ」

どうしたらいいのかわからず、抱きしめられたままになっていると、ふいに私の体に回る腕の力が緩んで。

速水くんは、私と目線を合わせるようにして、少しだけ距離をとった。

……すると。

「⁉」

速水くんと視線がぶつかった瞬間。

さっきまでとろんとしていてどこか夢うつつだった速水くんの瞳が、驚いたように見開かれる。

どうやら、ぱっちり目が覚めたみたいだ。

「え。……えっ、な、晴山さん⁉　ちょ、え⁉」

バッ、と私を解放した速水くんは、相当混乱しているようだった。

……そ、そうだよね。

寝ぼけてたんだよね。

私のこと、抱き枕か何かと勘違いしちゃったんだよね、きっと！

「……おはよ、速水くん。こんなところで寝てたら風邪ひくよ」

「え、いや……、あんたなんでそんなに普通なの？　俺……今、抱きしめちゃってたよね？」

必死に平静を装った私の態度に、速水くんは驚いたようだった。

「えと、だって、寝ぼけてたんでしょ？……私のこと抱き枕か何かと間違えちゃったんだよね？」

「いや、間違えた、っていうか……、ごめん。……完全に夢の中だと、思ってて」

夢の中……？

え。

それってもしかして、夢の中では、寝ぼけてたとかそういうのなしに、速水くんは本気で私のことを抱きしめ……。

「……っ」

って、ヘンな解釈しちゃダメだ！

間違ってたら恥ずかしすぎるもん！

そう自分の妄想を必死に止めようとするけど、俯いた速水くんの耳が真っ赤で、そしてそれが夕日のせいだけじゃないような気がして、戸惑う。

「ヤバい。どこから現実？　どこからやらかしちゃってた？」

そう言って、はああー、と大きく息を吐いた速水くん。

「あ、あの」

「ホントにごめん」

いつもの速水くんからは想像できないくらいヘコんでいるから、私はなんだかおかしくなってしまって。

「……ふふ」

思わず笑みがこぼすと、速水くんは驚いたように私を見た。

「なんで笑ってんの？　あんた、俺のこと嫌いだよね？　嫌いなヤツにあんなことされて、普通笑えないって……」

「え？　何それ……。私、速水くんのこと嫌いじゃないよ。……嫌いなわけ、ないじゃん」

もしかして速水くん、私が速水くんとかかわり始めたころのまま、ずっと苦手意識を持って接していると思ってたの？

「たしかに初めは苦手だったけど……、私、毎日苦手な人と一緒にいられるほど、器用な性格してないよ」

苦手、どころか。

嫌い、どころか。

……好きに、なっちゃったんだよ。

「だから、抱きしめられても嫌だとは思わなかったし、そんなに謝らなくてもいいんだけど……、ダメだよ。こういうことはちゃんと好きな人にしないと」

速水くんが好きなのは、志賀先輩なんだから。

私のことを間違っても抱きしめたりなんかしちゃダメだよ。

志賀先輩に認められたくて、ここまで頑張ってきたんだもん。

「大丈夫だよ。速水くん、私から見てもすごく男らしくなったもん！」

私がそう言うと、速水くんはさらに目を見張る。

私は、胸がギュッと痛んだのを無視して、微笑んだ。

……本当は、どうしてこんなことを言わなくちゃいけないんだろうって、思ってしまう。

だって、こんなに心が、痛いのに。

涙が出そうなくらいに速水くんのことが愛しくて、抱きしめられたらうれしいのに、痛いくらいに胸がうずくの。

速水くんの恋を応援しなくちゃいけないのに、私の心は、こんなにも速水くんにとらわれたまま、志賀先輩と上手くいってほしいなんて、まるで思えないでいる。

……それでも、私は笑わなきゃ。笑顔で、速水くんの背中を押してあげなくちゃ。

それを、速水くんが望むから。

本当は、気持ちとは正反対の言葉を紡ぐことの痛みに心が泣いて、胸が張り裂けそうなくらい辛い。

それでも、速水くんが好き、そう言いたい気持ちを必死でこらえて、笑う。

……笑えてたら、いい。

「きっと今の速水くんなら、大丈夫。志賀先輩だって前とは違う答えをくれ……、っ、むぐっ⁉」

言葉を強引に遮るように、速水くんの手のひらが私の口を塞いだ。

えっ、何⁉

いきなりなんなの⁉

「？？」

訳がわからないまま目を白黒させていると、速水くんはようやく手を離してくれる。

「速水くん、いきなり何す……」

「俺」

私の言葉を遮った速水くんは、厳しい顔をしていた。

少し怒ってるような、傷ついているような。

そんな表情。

「……正直、あんたにそれ以上言われるのは、……キツいんだけど」

「え？」

キツい、って。どういう意味？

え、私、おかしいことは何も言っていないよね？

速水くんは、志賀先輩のことが好きで。

　振り向いてもらいたくて、生徒会長にまで立候補して。

……うん、やっぱり私、間違ってないよ。

それなのにどうして、速水くんは私の言葉を遮ったんだろう。

「速水くん」

「あー、もう。やっぱりあんた、陽よりずっと難しいしめんどくさい」

はあー、と再び大きなため息を吐き出した速水くんに、私は目を剥《む》いた。

どうしていきなりそんなことを言われなきゃいけないの⁉

面倒くさいだなんて失礼だよね⁉

「面倒くさいって、ひど……っ」

ひどい、そう言おうとした私の声は、ひゅっと勢いよく戻ってきてしまった。

再びグイッ、と力強く私の体を引き寄せた速水くんの腕に、私は抵抗することもできなかったから。

「⁉」

ちょ……っ、私、どうして抱きしめられてるの⁉

「は、速水くん。もしかして、まだ寝ぼけてるの？」

「寝ぼけてるように見える？」

見えないけど！　見えないからこそ、混乱する。

だって今度は、抱き枕と間違えたわけじゃなく、私を抱きしめてるってわかる。

バクバクと心臓が鳴りすぎて、私は息の仕方すらわからなくなりそうだった。

「……あんたは俺のこと嫌いなままだと思ってたから、言うつもりなかったのに」

速水くんは大きなため息をついて、諦めたようにそう言う。

「でも、無理。なんかもう我慢できない」

「あ、の」

「……好きだ」

間近から聞こえた言葉に、思考がすべてストップした。

抱きしめてくる腕をほどこうとほんの少し抗っていた手も、ぴたりと動きを止める。

……え？

今、速水くんなんて言った？

好き、って、言った……？

え、そんなことあるわけないよね。

だって速水くんが好きなのは、私じゃなくて――。

ようやく思考が動き出してきたけれど、やっぱり混乱しているのは変わらなくて、今の状況がまったく理解できない。

「……晴山さんじゃ一回言ったところでわかってもらえないと思うから、もう一度言うけど」

少し緊張したような声が一度途切れて、間近で彼が呼吸するのがわかる。

「俺は、あんたが好きなんだよ」

ギュッ、と体に回る腕の力が増す。

男の子にこんなふうに触れられるなんて初めてで、ましてや好きな男の子に抱きしめられるなんて、自分にはまだまだ遠い世界のことのように思っていたのに。

突然夢が現実になったような感覚に、どうしたらいいのかわからない。

それでも、好きな人に触れてもらえるのがこんなにうれしくて、幸せなことなんだ、って、心がジンと熱くなった。

「ずっと陽とのこと、応援してくれてたのにごめん。……でも俺、いつの間にか、あんたのほうが大事になってた」

「っ」

耳元に響く熱を帯びた声は、今までの冷ややかな彼からは想像できないくらいのはっきりと熱を持った感情が滲んでいて、私の心を震わせる。

私は何も言葉にできなくて、だけどそれを気にする様子もなく、速水くんは言葉を続ける。

「あんたが俺の味方でいてくれたのは、選挙のためだってことはわかってる。陽とのことを応援してくれていたから、支えてくれていたことも。それなのに、いつの間にかあんたが隣にいてくれるのが当たり前になってて。理由なんかなくてもこのまま一緒にいてくれたら、って思うようになってて。……あんたとの関係、これで終わりにしたくない」

聞こえてくる恥ずかしくなるくらいのまっすぐな言葉に、鼻の奥がツンと痛んで涙が込み上げてきた。

「……っ」

ようやく、頭が速水くんの言葉を受け入れ始めている。

うれしすぎて、驚きすぎて、信じられない、っていう気持ちのほうが大きいけれど。

それでもたしかに、速水くんが私と同じ気持ちで私を見てくれているってわかった。

私もすぐにでも、速水くんに同じ気持ちを、同じ言葉を返したい。

それなのに、うれしさに心がいっぱいになって、涙に埋もれて言葉が出ない。

ぽたぽたと頬を伝っていく涙に気づいた速水くんが、驚いて私を抱きしめていた腕をほどく。

「な、なんで泣いて……」

私を見る速水くんの目に浮かんだ狼狽《ろうばい》の色に気づいても、私は涙を止めることなんてできなかった。

「ごめん、そんなに嫌だった?」

何を勘違いしたのか、速水くんにしては珍しい的外れな言葉に、私は慌ててぶんぶんと大きく首を横に振る。

嫌なわけ、ない。

好きな人に好きって言ってもらえて、好きな人に抱きしめてもらえて、嫌なわけないよ。

「違うよ。……全然違う」

いつもなら私の考えてることなんてすぐにわかっちゃうくせに、どうして今はわかってくれないの?

それがなんだかおかしくて、私は思わず小さく笑った。

――その拍子にポタリと落ちた涙。

きっとそれが、最後の一粒。

「速水くん」

今日はなんてすごい日なんだろう。

選挙にも当選できて。叶うはずないと思っていた恋が叶おうとしている。

――こんな日に笑わないで、いつ笑うの。

今は泣く必要なんてない。

「生徒会長、当選おめでとう」

まっすぐに速水くんの瞳を見つめ返して、はっきり告げた。

少し驚いたような顔をしたような速水くんに、私はにっこり笑う。

「あとね」

まさか、こんな幸せな気持ちで、この言葉を言える日が来るなんて想像もしていなかった。

「私も、速水くんのことが好きです」

口にした瞬間、体が再び温《ぬく》もりに包まれて。

「……速水くん、ハグ好きなんだね」

直に感じる温もりに、さっきまでは一方的に与えてもらうだけだったその抱擁に。

今度は私も手を伸ばして、キュッと彼の背中に手を回す。

速水くんは「からかうなよ」と少し拗ねたように言った。

「……晴山さん」

「何？」

抱き合ったまま、名前を呼ばれて答えると、速水くんは少しだけためらうような間を挟み、口を開く。

「……たぶん俺、あんたが思ってるより、あんたのことがかなり好きだと思うんだよね」

「……へ？」

いきなりこの人は何を言い出すの？

と思わずこぼれたのは、我ながら間抜けな短い声。

だって、速水くん。こんなことを言う人じゃなかったよね⁉

「だから、ごめん。今ちょっとうれしすぎて本気で我慢できない」

「な……っ、え」

密着した体勢はほぼ変わらないまま、くいっと器用に持ち上げられたのは私の顎。

近い距離で上から見おろされて、目が合っても逸らすことなんてできなくて。

「……キス、していい？」

囁くようないつもより低い声に、ぞくりとした。

「え、えと、……っん」

返事をするより先に触れた唇に、一気に体が熱くなる。

心臓が壊れてしまうんじゃないかと思うくらいにドキドキする。

「……」

触れるだけのキス。

静かに私の唇を解放してくれた速水くんは、再び触れそうな距離のまま、私の目をジッと見つめてくるから、心臓のドキドキは全然鳴りやんでくれない。

吸い込まれてしまいそうな漆黒の瞳はどこまでも澄んでいて、見ているだけで心がギュッと痛くなるくらいに魅了される。

ドキドキする胸が苦しくて、この甘くて強い視線から早く解放してほしいと思うのに、自分からは絶対に逃げられない。

「……そんな泣きそうな顔、するなよ」

どこか苦しげな彼の声に、私は驚いてしまった。

「な、泣きそうな顔なんてしてないよ」

そう答えると、速水くんはキュッと眉をひそめる。

そしてこぼれた、小さなため息。

「自覚ないの？……あんたホントにタチ悪い」

「何そっ……⁉」

何それ、と言いかけた唇が再び塞がれて、しかも今度はなかなか解放してくれない。

触れる熱はとても甘くて、頭がくらくらする。

どうしたらいいのかわからないまま、ただ必死に、彼の背中に回す腕にギュッ、と力を込めた。

「……ごめん、強引で」

キスのあと、そう言った速水くんに私はブン、と頭を横に振る。

たしかに、びっくりしたけど。

ドキドキしすぎて、心臓がどうにかなっちゃうんじゃないかと思ったけど。

でも。

「いいよ。私も……、うれしいから」

だから、大丈夫。

好きな人に好きになってもらえることがこんなに幸せなことだなんて、今まで知らなかった。

「だいすき」

そう言って笑うと、速水くんは驚いたような顔をして、もう一度、強く抱きしめてくれた。

新しい場所へ

速水くんが見事、生徒会長の座を掴んでから一週間後。

新しい生徒会への引き継ぎをいよいよ明日に控えていた。

明日の全校集会で、引き継ぎが行われる。

全校生徒の前で、新しい生徒会メンバーが改めて挨拶をするのだ。

その集会で、今までの生徒会役員は引退。

完全に新しい体制になる。

……というわけで、今日は放課後に新旧生徒会メンバーで集まりがあるらしい。

引退するメンバーを送り出す会であり、新しいメンバーを激励する会。

なんだけど。

「本当に私も行っていいの？」

なぜか私まで招待してもらって、私は会場である学校の中庭に向かいながら、隣を歩く速水くんに尋ねた。

すると、速水くんは呆れたように私を見る。

「あんたはいったい何回同じ質問をしてくるわけ？　答えるの、いい加減飽きたんだけど」

はぁ、とわざとらしくため息をつかれ、私は頬を膨らませた。

「そんな顔するなよ」

「だって」

私が反論しようと口を開いた時、進行方向から楽しそうな笑い声が聞こえてきて、思わずそちらに視線を向けた。

「あっ！　遥斗と晴山さん！　ほら、早く来ないと食べ物なくなっちゃうよ～」

開け放たれた中庭へと続くドアから、ひょっこり顔を出したのは、志賀先輩。先輩の手には飲み物が入っているのだろう紙コップと、もう片方の手にはフォークに刺さった唐揚げらしきものが見える。

「もう始まってるんだ⁉」

おかしいな、志賀先輩からもらった招待メールには十七時からって書いてあったような気がするんだけど……。

慌てて時計を見るけど、まだ十七時までは少し時間がある。

「あくまで目安だから、それ。去年もこんな感じだった」

「そうなんだ」

私は速水くんに頷いてから、出迎えてくれた志賀先輩に挨拶をして中庭に入る。

普段は鍵のかかっている中庭。

そこは校舎の中からでもガラス越しにきれいな花々が見えたけど、実際に足を踏み入れてみるとどれだけ丁寧な手入れがされているのかがわかった。

もう冬に近づいてきているから花の盛りはほとんど終わっているけど、それでも秋の名残を感じる。

木々に囲まれるように置かれたテーブルにはかわいいテーブルクロスが敷かれ、その上に簡単な料理やお菓子が載っていた。

そのまわりで、新旧の生徒会メンバーが賑やかにおしゃべりをしている。

「日が落ちるとすぐに寒くなるから、さっさと撤収しちゃわないといけないの。だから、晴山さんも頑張って食べてね」

志賀先輩はそう言ってにっこり笑うと、自分と同じ代の生徒会メンバーの輪の中に入っていった。

「そうだよね、もうすでに寒いもん。どうして外でやるの？」

私もまわりの人にならって紙コップに飲み物を注ぎながら、速水くんに尋ねる。

すると、「単純に代々やってることを踏襲してるだけでしょ」と冷静な返事が戻ってきた。

……そっか。

私が入学するよりずっと前から、この場所が生徒会の人たちにとっての始まりの場所で、終わりの場所でもあるんだ。

なんか、いいな。

そういうの。

やがてメンバー全員が揃うと、新しいメンバーから引退するメンバーへ、ひとりひとりかわいらしいブーケを渡していく。

おつかれさまでした、そう言ってブーケを渡された先輩たちは、みんなうれしそうに笑っていて、その充実感に溢れた笑顔がとてもまぶしい。

「……素敵だね」

私はなんだか温かい気持ちになって、自然と笑みがこぼれた。

「選ばれた人しか体験できない時間なのに……、連れてきてくれて、ありがとう」

速水くんの選挙の手伝いをできなかったら、私は知ることのない世界だった。

こんな温かい伝統に触れることなんてできなかった。

「なに言ってんの。………あんたの言葉を借りるなら、晴山さんも、その選ばれた中のひとりだよ」

速水くんの言葉の意味がわからなくて、私は思わず隣に視線を上げた。

すると、目が合った彼はニヤリと笑う。

……え？

何、その笑い……。

なんだか嫌な予感がした私の前に、速水くんは手を差し出した。

「おめでとう。晴山さんも今日から生徒会の一員。……ちなみに拒否権はないから」

「……はい⁉」

いきなり何を言い出すの、この人⁉

目を丸くした私の手を取り、差し出していた手をひっくり返して、私の手のひらに何かを乗せた。

——コロン、と軽く転がった何か。

私の手のひらに乗っていたそれは、……生徒会の記章だった。

生徒会長になる速水くんは、すでに金色のバッジをつけているけど、私の手に乗っているのも間違いなく同じデザインの、銀色のバッジ。

「これ……」

「忘れた？……生徒会長には副会長を指名する権利があること」

速水くんの言葉にも、驚きすぎて頭がついていかない。

「この会に、生徒会に無関係な人間なんて絶対呼ばないよ。いくら彼女でもね。……

選挙に勝てたのは、あんたがサポートしてくれたからだと思ってる。晴山さん、生徒会向いてると思うよ。あんたが副会長になること、他のメンバーも賛成してくれた」

そう言って、ふわりと優しく笑った速水くん。

私は、あまりに想定外の出来事にすぐには言葉が出なかった。

「わ、私が生徒会、なんて」

「晴山さんならできるよ」

力強く言いきる速水くん。

……向いている、と速水くんは言ってくれたけど、私にとって、生徒会は優秀な人たちの集まりで。

キラキラ、していて。

とてつもなく、遠い場所。

そんな中に自分が入るなんて、想像できない。

向いているなんて、自分ではとてもじゃないけど思えない。

……でも。

生徒会長として頑張る速水くんを誰より近くで支えたいとも、思った。

その場所を彼が与えてくれるなら。

私を選んでくれるなら。

私、頑張ってもいいのかな……？

差し出してくれるその手を取っても。

この記章を受け取っても、いいのかな？

渡された記章を思わず握りしめると、それを了承と受け取ったらしい速水くんは、安心したように笑う。

そして。

「じゃあ次、晴山さんの番だよ」

そう言うと、私が記章を持つのとは逆の手にかわいらしい花束を握らせて、背中を押してくる。

ハッとしてまわりを見れば、いつの間にか私たちに集まっていた視線。

「え……っ」

「ホラ、晴山さん。さっき素敵だね、って言ってたじゃん。自分もできるよ。よかったね」

ニコッと笑った速水くんに、私はなんだか恨めしい気持ちになったけど、とてもじゃないけど反抗できる雰囲気じゃない。

私は小さく息を吐いて、覚悟を決めた。

——前に進む、新しい場所へ飛び込む、覚悟。

「一年間、おつかれさまでした」

今の副会長のところへと歩みを進め、速水くんから託された花束を渡す。

すると、先輩は「サンキュ」と笑顔を見せてくれた。

「慣れないことも多くて大変だろうけど、頑張れよ」

そんな優しく力強い言葉にうれしくなりながら、大きく頷く。

まさか私が、という思いが強くて、まだ自分が生徒会の一員になるという実感はほとんどないけれど。

それでも、頑張れという言葉が胸に沁《し》みて。

パチパチと温かい拍手に包まれて、私は「精一杯頑張ります」と答えた。

「……で、遥斗。結局もうひとりの説得は失敗したっていうわけ？」

やがて拍手がやみ、続いて今の生徒会長へと速水くんが花束を渡し終える。

メイン行事を無事に終え、安堵に柔らかい雰囲気になったと同時に、新しい会計の女の子からもらった花束を持ちながらそんなことを言ったのは、志賀先輩だった。

……もうひとり？

志賀先輩の言葉の意味がわからずに私は首をかしげたけれど、どうやら意味がわかっていないのは私だけのようだ。

まわりのみんなは、苦笑いを浮かべている。

「陽～、それは言わない約束だよ。ここにいないんだから、そういうことでしょ」

たしなめるような口調で言ったのは、三年生の梶原先輩。

「……そうなの？」

梶原先輩の言葉を確かめるように速水くんに向けてそう言った志賀先輩に、速水くんは何も言わなかった。

ただ、小さく息を吐いただけ。

その雰囲気に他のメンバーは何かを察したのか、「まぁ、そういうこともあるって！」と明るくそれぞれが口にして、無理やりその話を打ちきるような流れになった。

志賀先輩だけはどこか不満げな顔をしていたけど、それ以上は何も言わず、先輩も小さくため息をついて、やがて他のメンバーとのおしゃべりに戻っていく。

いったいなんの話だったのか、私にはさっぱりわからなくて、だけどそれを尋ねられる雰囲気でもなかったから、黙って事の成り行きを見守ることしかできなかった。

それからは和やかで賑やかな雰囲気のまま時間がすぎていく。

そして日が沈み、あたりが本格的に暗くなり始めたころ、お開きとなった。

テーブルの上に並んでいた食べ物も、ほとんど空になっている。

片づけを終えると、解散する流れになり、私も、「また明日ね」と声をかけてくれた志賀先輩に「はい」と頷いて、校舎を出る。

顔を上げると、チカチカと光る星がとてもきれいな冬の空が見えた。

吹きつけてくる風も、もうすっかり冷たい。

……校舎を出たら、なんだかさっきまでの出来事が夢だったんじゃないかと思えてきた。

私が、生徒会に入るなんて。

それでも、胸元に光る速水くんからもらった記章が、夢じゃないと伝えてくる。


「晴山さん」

ふいに後ろから名前を呼ばれて振り返ると、そこにいたのは速水くんだった。

立ち止まった私の隣に並んで、そして一緒に歩き出す。

もともとは学校前のバス停からバスに乗って駅まで行っていたけど、選挙準備で速水くんと帰る時間がかぶるようになってからは、速水くんに合わせて私も駅まで歩くようになっていた。

「明日、あんたも一言挨拶するんだから、ちゃんと言うこと考えといて」

「あっ、そっか。わかった」

速水くんに言われ、頷く。

明日行われる生徒会引き継ぎの全校集会は、私にとってはもう関係のない行事だったはずなのに、一気に他人事じゃいられない身分になってしまった。

「……あの、速水くん」

「晴山さんだけ知らないのもおかしいから言うけど」

私の声を遮った速水くんは、どうやら私が意を決して尋ねようとしたことを先回りして教えてくれようとしているようだ。

……やっぱり、気になっちゃうよ。

今日、志賀先輩が言っていた、説得を失敗したのか、という言葉。

それに、生徒会メンバーの微妙な雰囲気。

あの話題の時だけ、なんだかピリピリしてたもん。

「……副会長に俺が指名したの、あんただけじゃないんだ」

前を見ながらそう言う速水くんの声は、感情の見えない冷たい声だった。

でも、感情が読み取れないからこそ、故意に隠そうとしている感情があるような気がしてしまう。

「私だけじゃない？」

オウム返しのように言われたことを繰り返した私に、速水くんは「そう」と頷く。

「副会長、最近はだいたいひとりだけど、本当はふたりまで枠があって。俺は、あんたの他にもうひとり、なってほしい人がいたんだけど。……説得しきれなかった」

はぁ、と小さく息を吐いた速水くん。

私と一緒に副会長をやるはずだった人、か。

速水くんが選んだのは、誰だったんだろう。

「ちなみに、誰、とかって……、聞いてもいい？」

「え？……あー、うん。須谷だよ」

そんなに悩むことなく速水くんが口にした名前に、私は目を見張った。

だって。

須谷くん⁉

「須谷く……⁉　え、でも」

速水くん、須谷くんのこと嫌ってなかった？

敵対心、剥き出しだったよね。

それなのに、どうして須谷くんなの？

じつはやっぱり仲よしなの⁉

「……晴山さんが今何を考えてるのか、手に取るようにわかるんだけど」

「えっ」

驚いて短く声を上げた私に、速水くんは苦笑をこぼした。

「須谷は、なんていうのかな。……幼なじみといえば聞こえはいいけど、腐れ縁、というか」

「やっぱり！」

須谷くんのことを話す時、今まで、速水くんはどこかよそよそしくて。

他人にあまり興味を持たない速水くんにしては珍しいなぁって思っていた。

本人は大した知り合いじゃないようなことを言っていたけど、とてもそんなふうには見えなかったから、幼なじみ、と言われても驚かないというか、むしろ納得。

「小学生のころから、クラスが同じことも多かったし、わりと気は合うし、それなりに仲はよかったんだけど、……いつからか、俺のほうから須谷のことを避けるようになってた」

「速水くんのほうから？」

速水くんの小学生時代なんて想像できなくて。

普通の小学生よりずっとかわいげのな……、いや、大人びた子どもだったんだろうな、としか想像が膨らまない。

「あいつは、顔もいいし、勉強もできるし運動もできるし。小学生のころから人気者ではあったけど、中学に入ったら今度はモテ出して、本人もそれに気づいたんだろうな。俺みたいな冷たい男のどこがいいのかはわからないけど、俺もそれなりに告白とかされること多かったから、次第に須谷、俺に対抗心みたいなのを見せてくるようになって……、面倒になった」

自分がモテていた話をこんなにさらりとできちゃうところが速水くんらしい。

けれど、たぶんそれは彼にとってはそれほど興味もないことだったのかな。

聞いていて、そんなふうに思った。

「面倒になって、避けるようになったら、今さらどんなふうに接したらいいのかわからないし、それに、あいつはまだ俺と仲よくする気はないみたいだったから、あんな態度になっちゃったんだけど」

「そうなの？　私には、須谷くんが速水くんに敵対心を持ってるとか、そんなふうには思えなかったけど」

初めて声をかけてくれた時から、かかわるなという空気を出していたのは、速水くんのほうだったように見えた。

「……陽と一緒に、いただろ」

ぽそっと呟くように言った速水くんの言葉に、私は首をかしげる。

ああ、そういえばいたかもしれない。

そうだ、あの時に初めて、須谷くんの推薦人が志賀先輩だって知ったんだ。

「……あいつ、中学のころからやたら俺が欲しがるものを手に入れたがるんだよ。だからきっと、俺が陽のことをまだ欲しがっていると思って、わざわざ陽に推薦人をさせて、自慢しに来たんだろ、あの時」

自慢、っていう感じじゃなかったけど、付き合いの長い速水くんがそう言うならそうなのかもしれない。

「それで、その時の態度できっとあいつは思ったんだろうね。……次に狙うのは、あんただって」

「え」

私⁉

え、それって、つまり。

「速水くんが欲しがるものが、志賀先輩じゃなくて……、私に変わってたから……」

自分で言ってから、急に恥ずかしさが込み上げてきた。

速水くんに欲しがられて、なんて、どんだけ思い上がってるの！

だけど速水くんはそれを否定することもなく頷いて、言葉を続ける。

「あの時は俺もまだ無自覚だったけど……、須谷から見たらもうそんなふうに見えてたんだろうな。だからあんたに、選挙に勝ったら付き合ってほしい、なんて言ったんだろ」

はぁ、とため息をついて、空を見上げる速水くん。

「あの時は、陽が須谷の隣にいることに愕然《がくぜん》とした。あいつがまだ俺にそんな執着してるなんて思ってなかったから。……だけど、陽があいつの隣にいること自体には、そこまで落ち込まなかったよ」

「……え？」

そうなの⁉

なんかすごい勢いでその場からいなくなったから、ものすごくショックを受けてるんだと思ったんだけど！

「今思えば、それよりあんたが次の標的になることを本能的に悟って、早くあの場所から逃げたかっただけだ。……それでなくても、あいつ初めからあんたのこと気に入ってたみたいだし」

そういえば須谷くん、私の名前知っていてくれたもんね。

うーん、でももしかしたら私を知っていたわけじゃなくて、推薦人の名前だけを知っていただけかもしれないけど。

……でも、そっか。

志賀先輩が須谷くんの隣にいたように、今までも大事なものを自然に横取りされてきたのなら、速水くんが須谷くんとの友情を面倒くさいと思ってしまうのも仕方ないのかもしれない、と思った。

一緒にいても、そんなの辛いだけだよ。

「速水くんは……、どうして須谷くんを副会長に指名したの？」

急に仲よくなりたくなった、とかそういうことでもないだろうし。

どういう心境の変化なんだろう。

首をかしげて尋ねると、速水くんは少しためらうように視線をさまよわせたあと、やがて私と視線を合わせて口を開く。

「……須谷を避けていたのは、もちろん、これ以上大事なものを取られることが怖かったから。須谷は俺がどんなに欲しがっても手に入らないものをもう持っているのに、それに気づいていないことに腹が立ったから」

速水くんの言葉に、私はその真意を聞かずともわかってしまった。

──速水くんが持っていなくて、須谷くんが持っているもの。

だけど、それはとても当たり前のものだから、本人はそれを特別なものだなんて思っていない。

今まで、速水くんは自分にとても自信があって、誰かを羨むことなんてない人なのだと思っていた。

だけど、そんなことないってわかったから。

速水くんは大人で強い人だけど、そんな自分の全部を好きなわけじゃなくて。

自分と誰かを比べて落ち込んだり、卑屈になったりもするんだってこと。

「たしかに、須谷くんは要領いいよね〜。明るくて、優しくて、人当たりもよくて。世渡り上手って感じ」

思わずクスッと笑って言った私を、速水くんは不満げに睨んでくる。

「……なに追い打ちかけてきてんの？」

恨めしげな声に、私はフフッと笑う。

冷たく見られがちで、上から目線だと思われちゃう速水くんは、きっとこれからも人間関係で苦労するんだろうなぁって思うよ。

そんなところは、須谷くんとは真逆。

「だって。速水くんって意外と人間らしいんだなぁって」

「まぁ、人間だからね」

意味がわからない、とでも言いたげな速水くんに、私はにっこり笑ってみせた。

「でも私は、不器用な速水くんが好きだよ？」

いつでも自分らしくいる速水くんが好き。

これからもそのままでいてほしいよ。

「……ホント、やめてそういうの」

私の言葉に驚いたような表情をした速水くんは、しかしすぐに大きく息を吐いてそう言った。

「まぁ、でも。そういうあんただからよかったんだろうね。……俺、晴山さんがそばにいてくれるって信じられたから、須谷と一緒に生徒会をやってみたいって思えるようになったんだ」

「……え？」

私？

速水くんの言葉の意味がわからなくて、私はジッと彼を見上げる。

すると、私の視線を感じてか、速水くんは前を見ていた視線を私のほうにちらりと向けて、フッと力を抜くように笑った。

「言ったじゃん。須谷のことを避けていたのは、これ以上取られるのが怖かったから。でも……あんたは絶対に大丈夫だと思えた。あんたが隣にいてくれたら、あいつともまっすぐ向き合えると思ったんだ。選挙の時……、絶対味方だって言ってくれたの、じつは結構うれしかった」

『うれしかった』

そう言った速水くんの声は少し控えめで、照れていることがわかった。

暗いからはっきりとはわからないけど、きっと彼の耳は赤くなっているだろうな、って簡単に想像できてしまって。

『私は絶対に速水くんのこと、裏切らないから。だから、速水くんも、私のこと……、信じてほしい』

　速水くんの言葉と同時に脳裏によみがえった、いつかの自分のセリフ。

　あの時は、信じてほしくて必死だった。

　私が誰より速水くんの味方でいたくて、誰より近くで応援していたいんだってこと。

　だから……、こんなふうに速水くんの心にちゃんと届いていたのだと思うと、すごくうれしい。

「速水くん」

　あの時と、私の気持ちは変わっていないよ。

　私は絶対に、速水くんを裏切らない。

「私にも協力させて」

　前に進もうとしている速水くんのこと、私はずっと応援している。

　少しでも、力にならせて。

「協力？」

　私の言葉をそのまま返してきた速水くんに、私は力強く頷いた。

「須谷くんと仲直り、しよう。副会長になってもらえるように私も説得してみるよ」

　明日の引き継ぎまで、時間はないけど、私にできることをしよう。

これがきっと、私にとっての副会長初任務だから。

翌朝、私は校門前に立ち、登校してくる生徒をひとりも逃さない勢いで見ていた。

「あ、晴山さん。おはよ」

「おはようっ！」

「明李ちゃん？　おはよう〜」

「おはよっ」

知り合いや、たぶん選挙で私のことを知ってくれたのだろう生徒に挨拶されながら、校門前に陣取ってから一時間がたとうとしていた。

もちろん、須谷くんを待ち構えているのだ。

「おはようございます」

「あっ、おはようございます」

今度は完全に知らない後輩に礼儀正しく挨拶されてしまった。

なんだか本格的に挨拶運動みたいになってきている気がするんだけど、気のせい？

みんなちゃんと自分から挨拶して偉いなぁ、私も見習わなくちゃ。

なんてしみじみ思っていたら、目的の人物が目の前を通りすぎた。

「す、須谷くんっ‼」

ハッとして、追いかける。

自分でも思ったより大きな声が出て、須谷くんも驚いたように振り返った。

そして一瞬目が合ったあと、彼は不機嫌そうな顔になって私に背中を向けると、校舎に向かって歩き出してしまった。

「待って！」

慌てて追いかけたけど、今度は完全に私のことなんか見えてないみたいに無視してくる。

須谷くん、と何度呼びかけても立ち止まってはくれず、校舎に入ってしまった。

それでも諦めずに足早に教室を目指す須谷くんに追いすがっていたら、やがて彼は少しずつ歩調を緩めてくれて。

そして立ち止まると、ひとつ、大袈裟《おおげさ》なため息を吐き出したあと、私を見てきた。

「……何？　もう遅刻ギリギリだよ。晴山さんも早く教室に戻れば？」

面倒くさそうな表情で、不機嫌さを隠そうともしない口調で言った須谷くん。

あんなに人当たりのいい須谷くんでも、こんなふうに誰かに当たったりするんだ。

「少しでいいから、話をさせて」

「悪いけど、晴山さんと今は話したくない」

吐き捨てるように言った須谷くん。

だけど、引き継ぎは今日の昼前の集会で行われる。

「お願いします。副会長、……引き受けてあげてください」

話せるのは今しかない。

だから私は、須谷くんの言葉を聞かなかったふりをしてそう言うと、頭を下げた。

「速水くんの力になってあげてください」

速水くんにとって、生徒会は特別な場所。

志賀先輩がいなくなっても、それはきっと変わらない。

そんな場所に須谷くんを呼ぶと決めたこと、簡単な決意じゃなかったと思うんだ。

「速水くんは、須谷くんと一緒に頑張りたいと思ってる。新しい生徒会には、あなたが必要だと思ってるんだよ。だから……、お願いします」

頭を下げたままだから、須谷くんがいったいどんな表情をして聞いてくれていたのかはわからない。

それでも私を置き去りにはしていかなかったから、きっと聞いてくれたんだと信じることにする。

「……」

しばらく須谷くんからはなんの反応もなかった。

だけどやがて、大きなため息とともに、「顔、上げてよ」という声が聞こえた。

その声に従って顔を上げたけど、須谷くんは厳しい表情のままだった。

「晴山さんに何を言われても、引き受ける気はない。だいたい、速水が俺と一緒に、なんて。俺のことが必要だなんて思ってるわけないだろ」

「そんなことない。須谷くんと同じように、速水くんだって須谷くんのことを羨ましく思ったりするんだよ。須谷くんの力を認めているからこそ、きっと今まで向き合えなかったんだよ」

……私なりに、精一杯説得したつもりだった。

だけど、須谷くんは厳しい表情をしたまま、「もう行く」と一言残し、歩き出してしまった。

「……っ！　須谷くん、お願い！　速水くんの話を聞いてあげて！」

去っていくうしろ姿にそう叫んだけれど、「今さら話すことなんてないよ」とさらりと返されてしまった。

「っ」

離れていく背中に、私はそれ以上何も言えずに、見送ることしかできなかった。

「……ごめん、速水くん……」

私じゃ、説得できなかったよ……。

見つめた背中がやがて角を曲がって見えなくなって、私は思わずそう呟いていた。

——そして、それ以上何もできないまま、引き継ぎの集会が迫っていた。

「あああ、もう。私の役立たず……」

思いきり落ち込んで、私はステージ脇に控えていた。

もっとできることがあったんじゃないか、もっと他に言い方があったんじゃないかと思っては、ヘコむ。

でも、今さら何もできない。

私は私で、挨拶をしなければならない。

すごく緊張するだろうと思っていたけど、思ったほどの緊張はなかった。

須谷くんを説得できなかった後悔に気持ちがいっているからかもしれない。

「先に私たちが挨拶するから。そのあとは新しいメンバーでお願いね」

そう説明してくれたのは、この会の進行役でもある、梶原先輩。

私は他のメンバーと一緒に、はい、と頷いた。

そうして始まった引き継ぎ。

もしかして、という思いを捨てずに須谷くんの登場を期待してみたけれど、やはりその姿はないまま時間はすぎていく。

集まった生徒の中に須谷くんの姿を探してみたけど、ズラリと並んだ生徒の中にさえ、私には須谷くんを見つけることはできなかった。

やがて先輩たちの挨拶が始まって。

さすがというか、ひとりひとりの挨拶に個性があって、最後だというのに思わずクスリと笑ってしまうものもあれば、ほろりと涙が出てしまいそうになる挨拶まで、いろいろ。

志賀先輩の挨拶も、志賀先輩らしい、とても爽《さわ》やかで潔い、「今までありがとう」の一言だけだった。

だけどその一言に込められたたくさんの感情が見えたような気がして、心がギュッと締めつけられる。

そしてトリを飾った生徒会長の挨拶に感動しつつ、最後はやっぱり、寂しい気持ちにもさせられた。

「ここからは、新しい生徒会メンバーに代わりたいと思います。今まで本当にありがとうございました」

生徒会長の声で、ステージに並んだ先輩たちが「ありがとうございました」と一斉に頭を下げる。

最後まで堂々とした姿に心が温かくなるのを感じて、次は自分の出番だということも忘れ、他の生徒と一緒にてのひらが痛くなるまで拍手を送った。

「……行こう」

ステージ脇に控えていたメンバーに視線を向けて、速水くんが声をかける。

そして拍手が鳴りやむころ、先輩たちと入れ替わるように私たち新生徒会執行部は壇上に上がる。

——ここに立つのは、選挙の時以来。

あの時は、まさかこんな形で再びここに立つことになるなんて、想像もしていなかった。

「生徒会副会長になりました、晴山明李です」

やがて挨拶の順番が回ってきて。

……ドキドキと心臓が緊張のせいで大きな音を立てていたけれど、声は思ったよりしっかり出ていたからよかった。

「私が生徒会の一員になるなんて、……おそらくみなさんも意外に思っていると思いますが、実のところ、一番驚いているのは私だと思います」

私がそう言うと、何人かが笑ってくれ、空気が和んだのがわかって心の中でホッと息を吐く。

「速水くんの選挙のお手伝いをさせてもらった時、私はまったく役に立てなくて、頼りなくて、他の立候補者や推薦人のみんながとてもしっかりしていることが、とても不安で。私にとって生徒会は、私とは比べ物にならないくらい立派な人がいるべき場所……、とても、遠い場所でした」

一度言葉を切り、そして改めて、大きく息を吸う。

緊張で強張っているであろう表情を、精一杯、微笑みに変えた。

「正直、今でもそんな思いは消えません。きっとこれからも、劣等感に押し潰されそうになったり、自分のふがいなさに泣きたくなったりする時もあると思います。……だけど、頑張ることに決めました。こんな私を温かく迎えてくれた新しい仲間と一緒に、私を選んでくれた生徒会長を支えるために、私なりに頑張っていきたいと思います。みなさんから見て、私はとても頼りない副会長かもしれませんが、厳しくも温かく、見守っていただけたらうれしいです。一生懸命頑張りますので、よろしくお願いします！」

挨拶を終え、深くお辞儀をする。

パチパチと温かい拍手が耳に届いた。

最後まできちんと言えたことに安心して、大きな拍手をもらえたことがうれしくて。

胸がいっぱいになってしまう。

……そして次はいよいよ、速水くんの挨拶。

顔を上げてマイクを手渡す時にまっすぐ合った彼の瞳はとてもきれいで、少しの迷いもない、強い決意に満ちているように見えた。

「生徒会長になりました、速水です。まずは、今日まで引っ張ってきてくれた生徒会の先輩方。本当にありがとうございました」

速水くんがそう言って、ステージ脇にいる先輩たちに頭を下げた。

先輩たちが少し恥ずかしそうに笑って速水くんを温かい目で見ているのがちらりと見えて、私まで優しい気持ちになる。

……それにしても、やっぱり。

速水くんが話すと、空気が変わる。

引きしまる。

「そして、生徒会長に選んで下さったみなさん、ありがとうございます。期待に添えるよう、精進します。ここにいる新しい生徒会も、今までの生徒会に負けないように頑張っていきますので、よろしくお願いします。……本当は、もうひとり新しいメンバーがいるんですが」

淡々とした挨拶の途中、急にそんなことを言った速水くんに、ステージに立つメンバーも、ステージ脇にいる先輩たちも、思わず「えっ!?」という顔をした。

もちろん私もその中のひとり。

だって。

だって、もうひとり、って。

説得を失敗した、須谷くんのことだよね⁉

「まだ説得できていませんが、絶対に仲間にしますので、生徒会メンバーは気づいたらひとり増えてると思います。その時はみなさん、温かく迎えてあげてください」

冗談のようにそう言ってから、速水くんは表情を引きしめた。

「……彼がいなかったら、ここに立つことにここまでの覚悟を持てなかったかもしれない。生徒会長の重みを、ここまで自覚できていなかったかもしれない。生徒会に必要だと思ってるし、仲間になってほしい」

速水くんの声は感情的ではなく、とても落ちついていた。

いつもと同じ、聞き取りやすい少し低めの声が、体育館の空気を揺らす。

感情的ではない。

……だけど、そこにはたしかに速水くんの思いが込められていた。

私にはちゃんとそれが伝わってくる。

――ねぇ、須谷くん。

このスピーチ、ちゃんと聞いているんでしょ？

速水くんが須谷くんのことを必要と思うわけない、って須谷くんは言ったけど。

このスピーチを聞いたら、伝わるよね？

速水くんが、本当に須谷くんを必要だと思っていること。

一緒に頑張りたいと思っていること。

……速水くんだけじゃない。

ここにいるメンバー全員が、須谷くんが仲間になってくれることを、待ってるよ。

「だから」

速水くんが繋げようとした言葉は、ふいに途切れた。

――ダンッ、という、床を蹴ったような大きな音が響いたから。

びっくりして音がしたほうを見れば、ステージへと続く階段を大きな足音を鳴らして上ってくる……、須谷くんの姿があって。

「えっ、須谷くん⁉」

驚くメンバーの前を通りすぎて須谷くんがまっすぐに向かったのは、速水くんのところ。

ここまで来るともう、驚いたのはメンバーだけではない。

ステージの下にいる生徒もみんな驚いて、ざわめきが生まれる。

「……」

速水くんのところにたどりついた須谷くんは、何も言わなかった。

全校生徒が見守る中、しばしの沈黙ののち、先に口を開いたのは速水くんのほう。

「まったく。恥ずかしがってるのかもったいぶってるのか知らないけど、登場目立ちすぎ」

マイクにばっちり拾われた速水くんの淡々としたセリフが、体育館に響く。

速水くんの言葉を聞いても、須谷くんはしばらく何も言わずにいたけれど、やがて速水くんの手からするりとマイクを抜き取った。

そして、全校生徒のほうに視線を向ける。

「生徒会長がどうしてもと言うので、引き受けることにしました。……生徒会副会長の、須谷です」

シン、と静まってステージ上のやりとりを見ていた周囲は、よく通る須谷くんの言葉が体育館に響いても、すぐには事態をのみ込めなくて。

よろしくお願いします、という須谷くんの言葉にも、拍手をしなきゃいけない場面だとわかっているのに、すぐには反応できなかった。

「……ということで、これですべての新生徒会執行部が揃いました。過ごしやすい学校を目指して頑張りますので、よろしくお願いします」

須谷くんからマイクを奪い返した速水くんがそうまとめると、深く一礼をした。

続いて隣にいた須谷くんもそれにならい、その様子にステージ上の生徒会メンバーもハッとして頭を下げる。

やがてパチパチと拍手が聞こえてきて、その音はぶわっと大きく膨れ上がり、私たちを温かく迎えてくれる。

頭を上げてから隣にいる須谷くんのほうを見ると、ぱちっと目が合う。

フッと苦笑した須谷くんの表情は今までの整った笑顔よりずっと、須谷くんの素の表情だったような気がした。


――引き継ぎの全校集会が終わり、ステージを下りる。

他の生徒は続々と体育館から教室に引き上げていて、賑やかなざわめきがだんだん遠のいていく。

そんな中。

「ちょっと須谷‼　あの登場はどういうこと⁉」

ステージ脇に集まった、新旧生徒会メンバーは、まさかの登場をした須谷くんに詰め寄っていた。

最初にどういうこと、と声を上げたのは、もちろん志賀先輩だ。

「いやー、だって朝は明李ちゃんからもお願いされちゃったし、速水がどうしてもって言うんで。直前まで決心つかなかったけど、スピーチであんなこと言われちゃ、出ていくしかないじゃないですか」

苦笑いを浮かべながらそう言った須谷くんに、まわりは大きくため息をこぼす。

「何それ……、引き受けるならもっと早く引き受けてよ。見てるこっちがヒヤヒヤしたわ！」

「ホントだよ～。ステージ上でみんな固まっちゃってたもん。速水くんがちゃんとまとめてくれたからよかったけど」

志賀先輩と梶原先輩の言葉に、新生徒会メンバーは「本気でびっくりしすぎて、何が起こったのかわからなかった」と口々に言う。

「まぁ、でも、これでちゃんと全員揃ったわけだし。……頑張れよ、新執行部！」

苦笑しながら事の成り行きを見守っていた旧生徒会長が、力強くエールをくれて。

私も、そして他の生徒会メンバーも、

「はい‼」

と力強く、返事をした。

エピローグ

「それにしても、びっくりした！　登場の仕方にも驚いたけど、引き受けてくれたことにもっと驚いたよ」

引き継ぎのあった放課後。

私は速水くんと帰り道を歩きながら、興奮気味に言った。

朝、説得しようとした時には、絶対無理だと思ったけど。

やっぱり速水くん本人の言葉が響いたのかな。

全校生徒の前で絶対に仲間にする、なんて言われたら、私が須谷くんの立場でもグッときちゃうと思うもん。

きっと、須谷くんも速水くんの本気を感じてくれたんだろう。

仲間として頑張りたい。

生徒会には須谷くんが必要。

私の言葉じゃ信じてもらえなくても、速水くんの言葉は信じられたんだ、きっと。

あのあと須谷くんは、「まぁ、みんなの前であそこまで言われたら、やるしかないっていうか……仕方なくだよ」なんて言っていて。

速水くんに必要だと言われたことがうれしかったに違いないのに、そんなふうに誤魔化すなんて、須谷くんも案外素直じゃない。

「まぁ、そうだね。……ちゃんと全員揃って引き継ぎができて、よかった」

隣で安堵したように笑う速水くん。

私はその笑みにつられるように、「本当によかったね」と微笑んだ。

今日は新体制の一日目だけど、本格的な活動は明日から、ということで比較的早く帰ることができた。

選挙から一週間がたったら、ほんのりしか感じられなかった冬の気配がすっかり本格的なものに変わっている。

もうすぐマフラーも必要かな。

あと、手袋も。

そんなことをぼんやりと考えていたら、ふいに速水くんが立ち止まった。

どうしたんだろ？　と不思議に思いながら、私も立ち止まる。

「ちょっと時間ある？」

目が合った速水くんの言葉に、私はコクリと頷いた。

「じゃあ、……そこ」

そう言って速水くんが視線を投げたのは、帰り道の途中にある、小さな公園。

私は速水くんの後ろについていって、公園の中にあるベンチにふたりで腰かける。

もう小さい子どもが遊ぶような時間ではないから、公園はがらんとしていて、誰もいなかった。

ふと空を見上げると、真っ黒な冬の空に、いくつかの星が瞬いていた。

「……俺、今までは先輩たちに引っ張ってもらって初めて、ちゃんと生徒会の仕事ができていた気がする」

ふいに聞こえてきた速水くんの声に、私は驚いて隣を見る。

速水くんがそんなふうに思っていたのは、少し意外だった。

「陽はもちろん、同じ役職の先輩には本当に迷惑かけたし、なんていうか……、大事に育ててもらったな、って思ってる。だから、自分がしてもらったみたいに俺もできるかと言われると、内心、結構不安で」

後輩を育てる、か。

たしかに、速水くん、そういうの苦手そう。

……でも。

「不安に思っているのなんて、速水くんだけじゃないでしょ」

私だってそうだし……、きっとみんなそうだ。

「あんな立派な先輩たちだったんだもん。プレッシャーを感じるのは仕方ないよ」

今日の挨拶だけを見たって、やっぱりまだ私たちにはあんなふうにはなれないと思った。

どんなに頑張ったって、まだ私たちには追いつけない背中だよ。

だけど、今日から始まったばかりなんだから。

同じように、なんてできなくて当然だ。

「でも、速水くんがそう思うのもわかるよ。……たしかに立派だったもんね、先輩たちの挨拶」

生徒会長の挨拶はもちろん、私はいろいろ思い入れがあるからか、志賀先輩の挨拶が一番印象に残っている。

たぶん、速水くんもそうだろう。

「志賀先輩、いなくなっちゃうんだね……」

思わず、ぽつりとそう言っていた。

優しくて、きれいで、カッコよくて。

……速水くんが、好きだった人。

「ああ、うん。そうだね」

私の言葉に頷いた速水くんは、寂しそうに見えた。

「……」

チクリと、胸に痛みが走る。

自分から言っておいて傷つくなんてバカみたいだけど。

そりゃあ、寂しいに決まってるよ。

今まで一緒に頑張ってきて、大切に思う先輩がいなくなるんだもん。

別にそれは志賀先輩だからとかじゃない。

他の引退した先輩たちに対してだって、同じように思っているはず。

それを広い気持ちで受け入れてあげられないのは、おかしい。

「……晴山さんって、ホントわかんない」

「え?」

仕方ないな、とでも言いたげな口調で言われ、私は俯いてしまっていた視線を隣に向けた。

すると、目が合った速水くんは苦笑する。

「……自分から陽のことを話題にあげておいて、何へコんでるんだよ」

「へ、へコんでないよ!」

私の考えていること、どうしてこう速水くんにはバレバレなんだろう。

さすがに今のは恥ずかしい。

だから、嘘だとバレてしまうとわかってはいても、速水くんの言葉を否定した。

「ホントにヘコんでない！　気にしてない！」

言葉では何も言わずとも、速水くんの目が「嘘つけ」と言っているのがわかって、私はもう一度否定した。

すると、速水くんはしばらく何も言わずに私の目をジッと見ていたけれど、やがて、フッと優しく笑う。

「……俺が好きなのは、あんただよ」

「し、知ってるもん」

それは信じてる。

速水くんが、今は私のことを見てくれているってこと。

……だけど、速水くんがどれだけ志賀先輩のことを好きだったのかもわかっているつもりだから。

どれだけ大事に思っているのかも、わかっているつもりだから。

だからこそ、信じていても、少しだけ不安になるんだよ。

私は隣に手を伸ばして、彼の制服の袖をキュッと握った。

そんな私に、速水くんは少し驚いたような顔をして。

そして、「バカ」と一度、呟いた。

「っ！」

ふわ、と香る速水くんの優しい香り。

気づいたら、力強い腕に引き寄せられて、抱きしめられていた。

「そんな遠慮がちに触らなくてもいいよ。晴山さんなら怒らないから」

耳元で言われた言葉に、思わず顔が熱くなる。

「……本当に、陽のことはそういうふうには見てないし、もうそんなふうには見られない。ていうか、そういう意味では俺、須谷とあんたのほうが心配なんだけど」

須谷くん⁉

「えっ、なんで！　須谷くんは私のこと、そんなふうに見てないでしょ⁉　ありえないよ」

いろいろちょっかいをかけてきたのは、むしろ私じゃなくて速水くんに対する敵対心？　からであって！

「……まぁ、そういうことにしといてあげるよ」

そう言って速水くんは私を抱きしめる腕の力を緩めると、視線を合わせてふわりと笑う。

そして。

「あ、そうだ」

ふいに思い出したように言って私から手を離すと、自分のカバンを引き寄せ、中を漁り出した。

「？」

どうしたんだろう、と思って見ていると、速水くんはやがて目的のものを探し当てたらしく、動きを止めた。

そして。

少しためらうように私を見ると、「……引かないでほしいんだけどさ」と唐突にそんなことを言ってくるから、私は訳がわからないまま、「引かないよ」と答える。

すると速水くんは、私が答えてからも少し悩んで、やがて意を決したのか、カバンから何かを取り出した。

そしてそれを私の手のひらの上に乗せる。

状況がわからないまま、私は渡されたものに視線を落とした。

――ふわりとした手触り。

薄いブルーは、晴れた空のようで、私の大好きな色。

「えっ⁉　……これ」

速水くんと一緒に、志賀先輩の誕生日プレゼントを選びに行った時の、リボンの髪飾り。

すごく好みだったから欲しかったけど、正直値段もそこそこしたし、バナナクリップを上手く使いこなせた試しがないから諦めたんだ。

「……似合うと思って。あの時、思わず買ってた」

私の目をまっすぐには見ずに少しずれた場所を見ているのは、照れているから？

「ただの元クラスメイトにこういう物をあげるのは変だって気づいたのは、買ったあとで……、だけど、今ならいいかと思って」

相変わらず恥ずかしそうにそう続ける速水くん。

私は、自分の心がキュンと音を立てたのがわかった。

もらった髪飾りを、キュッ、と優しく握りしめて、

「速水くん」

と、彼の名前を呼ぶ。

そして、私の声に応えて、やっと私をまっすぐに見てくれた速水くんに、私は笑顔を浮かべた。

「ありがとう。……大事にするね」

そう言うと、速水くんは照れたようにぎこちなく笑って。

ん、と小さく頷いた。

そんな彼が愛しくて。

なんだか、かわいくて。

触れたい、と思った。もっと近づきたい、と思った。

「……速水くん、さっき、触っても怒らないって言ったよね」

「は？」

私の呟きのような言葉に驚いた顔をした速水くんの腕を掴んで、今度は私のほうから引き寄せる。

突然のことでふいをつかれたのか、速水くんの体は簡単に私のほうに傾いた。

グイッと引き寄せ、そのまま、頬に軽くキスをする。

「……え」

唇を離して真正面から彼と向き合うと、驚いたように目を見張った速水くんの表情が見えて、思わずクスッと笑ってしまう。

すると、笑われたことが面白くなかったのか、速水くんはキュッと眉をひそめた。

「なに笑ってんの」

「あは、だってすごい驚いた顔してるから」

「いや、だってあんたが急にそんなことしてくるとか思わないでしょ」

速水くんはそう言って、自分の腕を掴む私の手をやんわり解くと、その手をそのまま引き寄せて。

「ていうか、ちゃんとここにしても、怒らなかったのに」

互いの唇が触れそうな距離でフッと笑って囁くようにそう言うと、そのまま距離をゼロにする。

今度は驚かされたのは私のほうで、甘く囁かれた瞬間も、柔らかく唇が触れた瞬間も、全然頭がついていかなかったけど。

私の体に回された速水くんの腕の力が少し強くなったのを感じて、私はゆっくり目を閉じた。

――好き。

私、この人のことが大好き。

「……明李」

とても長く感じたキスのあと、優しく名前を呼んでくれた速水くんのことが愛しくてたまらなくて。

至近距離で絡み合う視線。

まっすぐに私を見てくれる瞳が、とても好きだと思った。

「速水くん、大好き」

素直に言葉にしたら、速水くんは驚いたような表情をして、もう一度、優しいキスをくれた。

キミのこと、絶対好きになんてならないと思ってた。
絶対わかり合えるわけないって思ってた。
あのころはキミのこと、何も知らなかったのにね。
キミが本当は優しい人だってこと。
本当は、弱いところもあるっていうことも。
……全然、知らなかったね。
ねぇ、速水くん。
あのころは、キミのことが苦手だったけど。
今は、心から思うよ。
──キミを好きになって、よかった。

END.

あとがき

初めまして、こんにちは。日生春歌です。

「好きになっちゃダメなのに。」を手に取っていただき、ありがとうございます。最後まで楽しんでいただけましたでしょうか。

この作品は、私が個人的に読むのも書くのも大好きな、苦手な男の子を好きになってしまう控えめ女子のピュア恋が書きたくてできあがった作品です。書き終えてみると、明李よりもむしろ、恋愛に関しては速水のほうがピュアでまっすぐだったような気もしますが。初恋の相手が速水のようなタイプだったら、なかなか難易度高めですね。明李、よく頑張ったと思います。

さて、この作品は生徒会選挙を題材にしていますが、私自身は生徒会選挙とはまったく無縁の学生生活でした。私の通っていた学校の生徒会選挙がどんなふうだったのかよく覚えていませんし、おそらく本作の選挙ほどがっつりした選挙活動なんてなかったのではないかと思います。なので、作品に出てくる選挙については作者の想像なのですが、ただ、私の覚えていている生徒会は、みんな仲がよくてキラキラしていました。おそらくそのイメージが影響して、速水や陽たちも仲よしの生徒会になったのだと思います。

作品は明李たちの選挙までになりますが、明李にとってはこれからのほうがきっと大変なんだろうなぁ、と思います。生徒会の仕事は大変だろうし、速水が初彼氏の明李にとって、恋愛の悩みもきっと尽きない。だけど、頑張り屋の明李なので、きっと一つひとつを全力で解決して、陽たちのいた生徒会に負けないくらい、仲のいい素敵な生徒会になるのだろうなぁと思います。

最後になりますが、素敵すぎるイラストを描いてくださった中野まや花先生、担当編集者さま、いつも応援してくださる読者のみなさま、そしてこの本を手に取ってくださったあなたに、心から感謝申し上げます。たくさんの方に支えられて、なんとかこのあとがきを書くところまでたどりつくことができました。

その時はあまり気づかないけれど、学生時代はやっぱり特別で、かけがえのない経験を得られる大切な時間だと思いますし、私にとってもそうでした。今思えば青春だったなぁ、と思うこともたくさんあります。キラキラしたピュアな青春恋物語を目指した本作ですが、ほんの一瞬でも、読んでくださったみなさまに、それらを感じていただけたら幸せです。

二〇一八年十一月二十五日　日生　春歌

この物語はフィクションです。実在の人物、団体等とは一切関係がありません。

日生　春歌先生への
ファンレター宛先
〒104-0031　東京都中央区京橋1-3-1　八重洲口大栄ビル7F
スターツ出版（株）　書籍編集部気付　日生　春歌先生

好きになっちゃダメなのに。

2018年11月25日　初版第1刷発行

著　者　日生　春歌 ©Haruka Hinase 2018

発行人　松島滋
イラスト　中野まや花
デザイン　齋藤知恵子
DTP　朝日メディアインターナショナル株式会社
編集　相川有希子　酒井久美子
発行所　スターツ出版株式会社
〒104-0031
東京都中央区京橋1-3-1 八重洲口大栄ビル7F
TEL 販売部03-6202-0386（ご注文等に関するお問い合わせ）
https://starts-pub.jp/

印刷所　共同印刷株式会社
Printed in Japan

ISBN　978-4-8137-0573-4　C0193